I0686751

V

Voir n° 87 8e. 1er et 2e parties

Franquet

Armée de Mer.

3e Partie.

cadres permanentes.

Des cadres déterminés une fois pour toutes sont la boussole dans laquelle la marine abordera toujours à l'inconnu. J'ai essayé d'en arrêter les bases d'après les principes exposés dans les deux premières parties de ce mémoire. Considérant que pour arriver à un résultat durable, il est absolument nécessaire de tenir compte des intérêts et des opinions reçus aujourd'hui dans la marine. Je me suis conformé à l'usage établi pour la hiérarchie à conserver entre les diverses professions de la maistrance.

La composition du petit État-Major reste la même à bord des vaisseaux et frigates. Le premier maître de timonnerie, embarqué à bord de tout navire de la flotte, quelque soit sa grandeur, afin que la hiérarchie navale soit partout sans solution de continuité, sera naturellement le chef de la maistrance à bord des navires qui n'ont pas de premier maître de manœuvre ou de canonnage. Les droits des premiers maîtres et Capitaines d'armes actuels au grade d'Enseigne de vaisseau moyennant examen ne seraient modifiés en rien. Le temps et l'application du principe nouveau en matière d'avancement suffiraient à faire tomber en désuétude, dans un délai convenable ce droit octroyé mal à propos par une loi, d'ailleurs excellente.

La constitution de notre marine sera imparfaite tant qu'elle n'arrivera pas à doter nos escadres des meilleurs matelots que nous puissions posséder; c'est vers ce but que doit tendre toute l'économie de nos institutions navales. Le grade de matelot de troisième classe donné comme un droit aux conscrits aussi bien qu'aux inscrits vicie dans sa source l'organisation de la marine. L'apprenti marin peut exceller dans les manœuvres du fusil et du canon. — Mais à de bien rares exceptions près, il n'atteindra jamais à la perfection dans le matelotage, comme un marin de naissance. Au bout de bien peu de temps, le Français de n'importe quelle provenance, monté assez lestement dans une hune et se répand convenablement sur une vergue. Il est un bon auxiliaire pour serrer une voile, prendre un ris, manier un aviron, mais il ne faut pas demander au conscrit plus que ne comporte sa nature et surtout faire durer trop longtemps son service; l'un et l'autre nous pourrons qu'y perdre. Si la durée du service des conscrits est trop longue, en revanche, celle des inscrits est trop courte. J'ai proposé cinq ans comme un terme convenable pour les marins des deux provenances. L'uniformité des remplacements et la régularité des mutations parmi les équipages, y gagneraient beaucoup. Ces motifs et d'autres encore sont développés dans le corps de cet essai. Les conférences qui ont bien voulu m'accorder Messieurs les Amiraux membres du Conseil d'Amirauté, et surtout les paroles encourageantes du brave Vice-Amiral Hugon, m'ont décidé à donner à l'œuvre que j'ai entreprise, le cachet pratique et d'application qui lui convient, en rédigeant cette troisième partie.

V 14749

Cadres de la Marine.

Une des vingt quatre Escadres de la Marine Française.

	États-Majors.			Manœuvre.					Canonnage.	
	Lieut. de Vaisseau	Enseignes	Aspirans	1ers Maîtres	2es Maîtres	9mes Maîtres	Gabiers de 1re cl.	id. de 2e cl.	1ers Maîtres	2es Maîtres
Vaisseau de 1er rang	6	6	12	1	14	22	44	56	1	8
Frégate de 1er rang	5	.	8	1	11	17	36	44	1	4
Corvette à Gaillards	5	.	5	1	9	9	19	24	1	3
9e Corvette à batterie barbette	1	4	.	.	2	9	14	18	.	2
Brick de 1re classe	1	4	.	.	2	6	10	10	.	2
Canonnière	1	3	.	.	1	4	5	5	.	1
Transport de 800 tx	1	4	.	1	3	8	14	18	.	2
Frégate à vapeur de 650 ch.	5	.	.	1	3	8	14	18	1	3
Corvette à vapeur de 1re classe	1	4	.	.	2	5	7	7	.	2
Aviso id. de 1re classe	1	3	.	.	1	4	3	3	.	1
	27	28	25	5	48	92	166	203	4	28
	Total 55			53			461		32	

Total 514

Suite

	Charpentage				Calfatage				Voilerie	
	Maîtres	2es Maîtres	9mes Maîtres	Ouvr. de 1re et 2e cl.	Maîtres	2es Maîtres	9mes Maîtres	Ouvr. de 1re et 2e cl.	Maîtres	2es Maîtres
Vaisseau de 1er rang	1	1	2	18	1	1	2	2	1	1
Frégate id	1	1	2	7	1	1	2	2	1	1
Corvette à Gaillards	1	1	2	4	1	1	2	2	1	1
Corvette à batterie barbette	.	1	1	3	1	1	1	1	1	1
Brick de 1re classe	.	1	1	2	1	1	1	1	.	1
Canonnière	.	1	1	2	1	1	1	1	.	1
Frégate à vapeur de 650 ch.	.	1	1	4	1	1	1	1	.	1
Corvette id de 1re classe	1	1	2	4	1	1	2	2	1	1
Aviso de 1re classe	.	1	1	3	1	1	1	1	.	1
		1	1	2	1	1	1	1		1
	4	10	14	49	4	10	14	14	4	10
	14			63	14			28	14	

Total 77.   Total 42.

Résumé :

États-Majors	55	marins viennent de la France entière.
Manœuvre	514	" de l'Inscription maritime.
Canonnage	441	" par moitié de l'Inscription maritime et du recrutement militaire
Timonnerie	88	" de l'avancement régulier des matelots de toute provenance.
Armes	14	" des Arsenaux de l'État et des Ports du Commerce.
Machines	52	"
Charpentage	77	"
Calfatage	42	"
Voilerie	69	"
Forges et armurerie	14	"
Matelots de 3e classe et novices	891	" de l'Inscription maritime
Apprentis marins	406	" du Recrutement ordinaire
Total	2.663	

q.rs Maîtres	Canonn. de 1re cl.	d. de 2e cl.	Timonnerie.				Armes.		Machines.			
			1.res Maîtres	2.es Maîtres	q.rs Maîtres	Sous m.res et q.rs cl.	Capitaine	Sergens	1.res Maîtres	Maîtres	Contre-Maîtres	Ouv.rs de 1re et 2e cl.
16	40	112	1	2	4	8	1	2	"	"	"	"
8	17	50	1	2	4	6	1	1	.	.	.	.
6	4	20	1	1	2	4	1	"	.	.	.	.
4	4	16	1	1	2	4	.	1	.	.	.	.
4	2	12	1	1	2	2	.	1	.	.	.	.
2	1	4	1	1	2	2	.	1	.	.	.	.
4	4	16	1	1	2	4	.	1	.	.	.	.
6	6	24	1	1	2	6	1	1	1	2	6	16
4	2	12	1	1	2	4	"	1	1	2	4	10
2	1	6	1	1	2	2	.	1	1	1	2	6
56	81	272	10	12	24	42	4	10	3	5	12	32
	409			22		66		14		52		

Total 441.   Total 88.

q.rs Maîtres	Ouv.rs de 1re et 2e cl.	Forges et Armurerie		Eléments de la force Navale.			
		Maîtres	2.es Maîtres	Matelots de 1e et 2e cl.	Novices	Apprentis marins	Mousses
2	10	1	2	450	17	152	39
2	7	1	1	130	10	81	21
2	4	1	1	22	4	35	12
1	3	"	1	19	3	23	10
1	2	"	1	5	2	11	9
1	2	"	1	8	.	.	4
1	4	.	1	7	3	23	9
2	4	.	1	144	6	46	15
1	3	.	1	49	3	21	8
1	2	.	1	7	2	14	4
14	41	3	11	841	50	406	131
63	55		14		891	406	131

1.297

Ainsi, les 24 Escadres de la marine Française emploieraient:

63. 912 marins, dont:

13. 344 .. fournis par la France entière.

41. 136 .. l'Inscription maritime et les Iles Martinique, Guadeloupe, Réunion et l'Algérie au besoin.

C. 432 .. par les Ports et Arsenaux.

L'effectif est calculé pour l'état de guerre. En temps de paix le gouvernement peut opérer de notables économies sur le budget des Escadres. Si l'on remarque, 1° que le chiffre des équipages doit varier suivant le nombre des canons à raison d'un équipage de pièce par deux canons supprimés; 2° Que le bon sens s'accord avec les nécessités de proportion à mettre dans la récompense des services rendus et le bon emploi des finances publiques exigent que le personnel encadré soit payé selon qu'il est employé à la mer, la solde intégrale; dans les ports les quatre cinquièmes, en disponibilité soit dans les ports ou ailleurs, les trois cinquièmes. — Les navires des Escadres peuvent être dans les ports, ou à la mer. — Dans les ports leur personnel n'a que les 4/5 de la solde de mer, qu'ils y soient pour un motif quelconque. — Le personnel nécessaire à l'entretien du matériel des navires en disponibilité est à déterminer. Il ne comporte que des Lieutenans de Vaisseau et des Officiers mariniers et marins encadriés des professions maritimes avec un certain nombre d'anciens matelots.

Prenons pour exemple une des six Escadres de Brest composée comme suit :

Vaisseau l'Océan de 1ᵉʳ rang.

Frigate la Dryade   d.

Corvette l'Héroïne à gaillards   ; trois grands navires

Corvette la Naïade de 24 canons,

Brick l'Alcibiade de 1ʳᵉ classe

Canonnière l'Eglantine   ; trois navires légers.

Corvette de charge la Marne de 800 tonneaux   ; un transport.

Frigate le Mogador de 650 chevaux.

Corvette le Colbert de 1ʳᵉ classe.

Aviso l'Aigle de 1ʳᵉ classe, trois bâtimens à vapeur.

—————————

Nous allons procéder à son armement et déterminer ses cadres en nous conformant autant qu'il est possible à l'idéal posé par les règlements en vigueur, pour la composition des équipages; et le décret du 15 Août 1851 pour l'embarquement des Officiers des Etats-Majors.

	Lieutenans de Vaisseau.	Enseignes.	Aspirans.	Aspirans auxiliaires.
Océan	6	7	13	.
Dryade	5	2	8	.
Héroïne	5	.	4	.
Naïade	1	4	3	.
Alcibiade	1	3	3	.
Eglantine	1	1	1	.
Marne	1	4	3	.
Mogador	5	.	"	5
Colbert	5	"	"	3
Aigle	1	3	"	3
Totaux	31	24	35	11

Il faudrait pour l'Etat-Major général de 24 escadres de cette force 744 Lieutenans, 576 Enseignes, 840 Aspirans, 264 Aspirans auxiliaires. En remplaçant le vaisseau, la Frigate, la Corvette à batterie barbette, le brick, le transport, la frigate, la corvette et l'Aviso à vapeur par des navires de la dernière classe de leur catégorie, ces chiffres se trouvent réduits à 696 Lieutenans, 308 Enseignes, 686 Aspirans et 264 Aspirans auxiliaires, si l'on se conforme à l'idéal posé par les ordonnances qui régissent la matière. Cet idéal ne repose sur aucun principe solide, il est aisé de le démontrer.

À bord de toute espèce de navire naviguant en mer, le Commandant ne peut pas exercer d'une manière continue la surveillance nécessaire à la sécurité et à la bonne direction du bâtiment, de là la nécessité d'avoir des Lieutenans qui le remplacent. Les bâtimens naviguent la nuit et le jour sans interruption; or, les forces moyennes de l'homme ne lui permettent pas d'apporter à la navigation cette attention soutenue qu'elle exige pendant plus de huit heures par jour. Aussi la dernière législature s'en est-elle conformée à cette loi impérieuse de la Constitution humaine en exigeant de la Compagnie des messageries nationales qu'elle ait à bord des paquebots postés de la méditerranée un Capitaine, un second et un Lieutenant; de façon que les trois quarts indispensables à bord de toute espèce de navire fussent en tout temps assurés; le Capitaine se fait généralement remplacer par le maître d'Équipage, de même que sur les grands trois mâts du Havre pour les traversées des Antilles, de l'Océanie et des Indes. Quoiqu'il en soit, il demeure établi par l'usage reçu dans notre marine du Commerce qui, ayant le lucre pour but unique, vise surtout à l'économie dans les dépenses indispensables de navigation, qu'on ne saurait faire moins que d'avoir trois officiers chefs de quart à bord d'un bâtiment de guerre. Tous nos navires ne vont pas aux Antilles, dans l'Océanie ou dans l'Inde; mais des croisières sur la côte de France, sans même perdre la terre de vue, peuvent le cas échéant, dépasser de beaucoup la valeur nautique et militaire de ces grandes navigations. Qu'on consulte les marins qui ont fait pendant l'hiver de 1833 le blocus de la hollande, dans une mer remplie de bas fonds, couverte de brouillards, aux côtes basses et sans autres amers que quelque clocher pointu surgissant d'un pays creux, derrière les dunes du rivage: la réponse sera unanime. Il faut pour l'honneur de notre pavillon que tout bâtiment de guerre quelque soit sa grandeur ait une supériorité naturelle sur n'importe quel autre appartenant, soit à un particulier, soit à une marine étrangère: Notre pauvre Canonnière n'est pas au niveau qui lui convient, car un enseigne et un aspirant ne constituent pas un État-Major, pour garantir le service militaire, ainsi qu'on l'a vu dans le blocus de la Plata, où les petits bâtimens étaient en majorité; il est vrai qu'on mit un enseigne en plus pour ce cas exceptionnel, comme s'il devait y avoir des cas exceptionnels pour ce qui est l'âme du service. Mais c'est l'inconvénient inévitable des Constitutions imparfaites d'être violées à chaque instant; il est majeur quand il va jusqu'à compromettre l'honneur de la France vis-à-vis de l'étranger.

Le tableau ci-après fera mieux voir la Constitution organique des seconds et Officiers chefs de quart sur les bâtimens de la flotte, en vertu du décret du 15 Août 1851.

1° Navires commandés par des Capitaines de Vaisseau.

	Capitaines de Frégate.	Lieutenants chefs de quart.	Enseignes sous-Chefs.
Vaisseau	1	6	7
Frégate	1	5	2
Corvette à Gaillards	1	5	"
Frégate à vapeur	1	5	"

2°. Navires commandés par des Capitaines de Frégate.

	Lieutenants de Vaisseau	Enseignes chefs de quart.
Corvette à batterie barbette	1	4
Brick de 1re Classe	1	3
Transport de 800 tx	1	4
Corvette à vapeur de 1re Classe	1	4

3°. Navires commandés par des Lieutenans de Vaisseau.

Canonnière . . . . . . " . . .		1
Aviso à vapeur		3

L'institution des Compagnies permanentes des équipages de ligne explique seule la présence de sept enseignes de vaisseau à bord d'un vaisseau à trois ponts. Il y en a un qui ne correspond qu'à sa moitié de compagnie. À bord d'une frégate de premier rang deux enseignes seraient seconds de quarts. mais si deux quarts ont besoin d'un second officier, on ne voit pas pourquoi les trois autres n'en auraient pas. Pourquoi le Capitaine de frégate qui commande un brick a-t-il un enseigne de moins que celui qui commande un transport ou une corvette à vapeur ? Pourquoi le Lieutenant de vaisseau qui commande un navire léger à voiles est-il plus malhabile que celui qui commande un aviso à vapeur ?

Les Officiers chefs de quart étant l'âme des Équipages, et les armements de la marine étant moins nombreux en paix qu'en guerre, nous ne voyons pas pour quel motif valable on diminue les États-Majors des bâtiments, quand ils sont armés pendant la paix. — C'est une économie maladroite et ruineuse qu'il est utile de supprimer. — C'est pendant la paix qu'il faut préparer la marine pour qu'elle puisse développer pendant la guerre son maximum d'énergie. Pour cela nous ne trouvons pas de moyen à la fois plus économique et plus rationnel que d'embarquer sur chacun des bâtiments armés de la flotte le plus grand nombre d'officiers qui puissent y avoir un emploi. — Nous avons exposé dans la deuxième partie de ce travail combien il était indispensable de remplir la lacune qui existe à bord de tous les bâtiments inférieurs aux Corvettes à Gaillards, en y embarquant un chef de timonerie ayant subi des examens, en concourant avec les aspirans de 1re Classe au grade d'Enseigne de Vaisseau. Il serait naturellement le chef de la maistrance partout où il serait le seul premier maître; mais il ferait le quart du jour sous les ordres du second à bord des Navires commandés par des Capitaines de frégate, et le quart en chef à bord de ceux commandés par des Lieutenans de vaisseau. De cette manière il y aurait cinq quarts à bord des navires dévolus aux Capitaines de Vaisseau, quatre à bord des navires commandés par les Capitaines de frégate, trois à bord de ceux commandés par les Lieutenans de vaisseau, sans compter celui donné au chef de timonerie.

Nous avons vu que pour 31 Lieutenants de vaisseau et 24 enseignes il y a dans une escadre 36 aspirans et 11 aspirans auxiliaires. — Leur nombre est trop fort par rapport à celui des Officiers. Il a été fixé en vue surtout de l'organisation des Équipages de ligne en compagnies permanentes qui ne comportent que des aspirans de 1re Classe. C'est une preuve de plus à ajouter à toutes celles qui démontrent que la marine ne peut pas être organisée par Compagnies permanentes à l'instar de l'Infanterie. Le chiffre des aspirans devrait être limité par les nécessités du recrutement annuel de la flotte chose qu'il est facile de calculer à l'avance. Mais en général, il ne devrait être embarqué d'aspirans qu'à bord des navires commandés par des Capitaines de vaisseau. — Quelle émulation peuvent avoir des jeunes gens à faire le service d'aspirant sur un transport; ceux que l'on détache sur une goëlette ou quelque petit brick pour y faire le quart d'Officiers ne peuvent pas toujours offrir la garantie convenable. Les aspirans n'existent dans la marine que pour compléter leur éducation militaire et maritime, nécessaire pour passer enseignes de vaisseau. — Ils sont jeunes et ont besoin d'être dirigés. Des capitaines de vaisseau offrent à cet égard des garanties qu'ils doivent à leur expérience, à leur âge et à la nature des bâtimens qu'ils commandent. Les vaisseaux ou Frégates mixtes seront une marine complète.

L'Institution des aspirans auxiliaires jure avec l'esprit moderne qui doit présider aux destinées de la Patrie. En quoi: quand l'antique noblesse de France marche avec le reste de la nation sous la bannière de l'égalité, nous irions ressusciter dans l'armée de mer des privilèges ridicules en faveur de je ne sais quelle classe de citoyens attardés qui prennent leurs écus pour des titres au commandement militaire. — Dans la garde Nationale qui m'se conforme aux mœurs de la vie civile à la bonne heure: quant à la marine notre but est de l'anoblir: Elle sera inférieure à toutes nos autres institutions tant que les notabilités de nos grands ports du Commerce ou d'ailleurs croiront leurs enfans dégradés, en les voyant porter le modeste paleton du matelot; En reste, n'est-il pas absurde de voir des jeunes gens qui n'ont pris la voie des aspirans auxiliaires que pour éluder la loi, devenir après trois ans de service seconds maîtres de timonnerie et obéir comme tels à ceux que l'on improvise dans le grade qu'ils occupaient la veille?

En conséquence les cadres de l'État-Major de notre Escadre seraient constitués ainsi qu'il suit:

	Lieutenans de Vaisseau.	Enseignes.	Aspirans Chiffre indéterminé.	Aspirans État actuel.
Océan	6	6		13
Dryade	5			8
Héroïne	5			4
Naïade	1	4		
Alcibiade	1	4		
Eglantine	1	3		
Marne	1	4		
Mogador	5			
Colbert	1	4		
Aigle	1	3		
	27	28		25

Il faudrait pour les 24 Escadres 648 Lieutenans, 662 Enseignes, 625 Aspirans, ou mieux, un nombre indéterminé d'aspirans. — Les cadres de la marine sont fixés à 650 Lieutenans de Vaisseau dont la moitié de 1re Classe, 550 Enseignes — Il y a 309 Aspirans suivant l'annuaire de 1852. — On voit par là qu'il faudrait pour compléter les Cadres proposés une augmentation de 112 Enseignes de vaisseau. Mais des cadres sont des cadres, c'est-à-dire un idéal dont on doit se rapprocher sans jamais l'atteindre, afin de laisser à l'émulation la latitude qui lui convient en tout temps, mais surtout au moment de la Guerre.

La mobilité naturelle qui est le propre de tout ce qui flotte sur les eaux n'a de comparable que celle de l'esprit Français. Toutefois, l'inconstance dont on accuse notre nation n'est que superficielle. Quel peuple en Europe peut se vanter d'un attachement plus invariable au culte antique qui jadis éleva au rang d'hommes les serfs abrutis de l'Occident, en fit parfois des héros de leurs maîtres barbares ? Quelques épigrammes sur des abus de mœurs réformés ou en voie de se réformer partout à notre exemple, n'ont existé qu'un sourire fugitif sur les lèvres de la France. Le principe de sa vie sociale est immuable : malheureusement, il n'en est pas ainsi de la marine. Le principe des escadres permanentes pourrait lui donner la stabilité qui lui convient.

Il serait insensé de tenir en mer tous les navires des vingt quatre escadres de la République pendant la paix. — Les deux tiers ou la moitié seront désarmés dans les ports; mais comme tout le matériel doit toujours être prêt à servir au premier signal, il faut qu'il reste dans les ports un certain nombre d'Officiers proposés à sa garde et à sa conservation. Admettons que le vaisseau, les frigates à voiles et à vapeur et la Corvette à batterie barbette soient désarmés (C'est pour nous conformer à l'usage que nous nous servons de cette expression impropre.) Il faudra pour les tenir disponibles ainsi qu'il convient : à bord du vaisseau 2 Lieutenans, et 1 à bord des trois autres navires en sorte qu'il y aura à terre sans emploi :

	Lieutenans	Enseignes	Aspirans
Provenant du Vaisseau. —	4	6	13
de la Frigate. —	4		8
de la Corvette. —	"	4	
de la Frigate à vapeur. —	4		

Total 12 Lieutenans, 10 Enseignes, 21 Aspirans sans emploi. — Rien n'est mortel pour l'émulation des Officiers comme l'oisiveté des Ports. Un séjour trop prolongé dans un port de guerre est de nature à faire perdre aux choses de la marine tout le prestige qui les embellit. Mieux vaudrait pour les Officiers et le bien du service vivre sur les bords du Rhin ou sur les montagnes d'Auvergne que de languir dans les Arsenaux à faire un service dont on ne peut se dissimuler le peu d'importance. Ce n'est pour le gouvernement qu'une question d'argent, mais on ne doit pas dans les affaires d'intérêt général se laisser arrêter par des considérations d'intérêt privé ou de localité. Tôt ou tard tout le monde en pâtit; la vraie solde des Officiers de marine et marins de tout grade doit être la solde de mer; toutes les autres devraient en dériver. — C'est un moyen unique de tout simplifier. — Quand les Officiers sont employés dans les ports leur solde ne devrait être que des quatre cinquièmes. Car si on la laisse égale à celle de mer ainsi que cela se pratique, par un motif facile à comprendre, il est évident que l'on donne une apparence de dupes à ceux qui font le service pénible de la mer et qu'à la longue le zèle le plus effréné doit finir par s'en apercevoir. — Quand les Officiers n'ont pas d'emploi dans les ports ils devraient avoir les trois cinquièmes. — Dans cette position les Officiers auraient le droit d'attendre des ordres dans leur famille, n'importe le lieu de résidence pourvu que ce soit en France ou en Algérie.

Il y a une distinction à établir pour la Frigate ou tout autre bâtiment à vapeur désarmé ou plutôt mis en disponibilité. — Son État-Major pour être vraiment disponible, doit résider dans le port. À ce titre il devrait recevoir comme indemnité la même solde que les Officiers ayant un emploi. — Il y aurait par conséquent 8 Lieutenans et 10 Enseignes sans emploi auxquels reviendrait de droit la position de disponibilité. Les aspirans doivent toujours être embarqués attendu qu'ils existent moins parcequ'ils sont un élément indispensable dans les cadres de la marine que parcequ'ils représentent les droits immuables de la France. Leur nombre doit être indéterminé, en rapport avec les besoins futurs de la flotte, au surplus c'est l'affaire du gouvernement, mieux placé que tout autre corps constitué pour prévoir l'avenir. C'est un progrès que de ne pas avoir fixé sur l'annuaire de cette année, un chiffre réglementaire que l'on n'a jamais suivi ni pu suivre. 8 Lieutenans de Vaisseau seraient donc en disponibilité avec les trois cinquièmes de leur solde. Quant aux 10 Enseignes, il serait bon que les Enseignes venant d'accomplir leur première navigation pussent résider un an ou six huit mois consécutifs dans les ports pour s'initier aux magnifiques travaux des arsenaux. Ils compléteraient ainsi leur éducation nautique. Passé ce temps ils seraient mis en disponibilité avec les trois cinquièmes de leur solde comme les Lieutenants de Vaisseau jusqu'à ce que leur tour les appelle au service de la mer sur les navires de leur Escadre. Il n'y a pas d'emploi pour eux sur les navires désarmés ou plutôt disponibles dans les ports. Aussi en adoptant le principe des Escadres permanentes, leurs cadres de 550 suffirait amplement aux besoins du service pendant la paix. — Il faut se réserver quelque chose pour la guerre. Quant aux lieutenans de vaisseau qui sont le pivot de la marine, leur cadre doit toujours être maintenu au complet.

Nous allons déterminer les cadres des officiers mariniers et marins spéciaux nécessaires à l'armement de l'Escadre. Il faudrait, d'après les réglemens en vigueur:

	Manœuvre		Canonnage		Timonnerie		Armes		Machines		Charpentage		Calfatage	
	1rs Maîtres	2es Maîtres	1rs Maîtres	2es Maîtres	1rs Maîtres	2es Maîtres	Capitaines	Sergens	1rs Maîtres	Maîtres	Maîtres	2es Maîtres	Maîtres	2es Maîtres
Océan	1	6	1	7	1	3	1	2	"	"	1	3	1	3
Dryade	1	3	1	4	1	2	1	"	"	"	1	2	1	2
Héroïne	1	2	1	1	1	1	1	"	"	"	1	0	1	1
Naïade	"	2	"	2	"	1	1	"	"	"	1	"	1	1
Alcibiade	"	2	"	2	"	1	1	"	"	"	1	"	1	1
Eglantine	"	1	"	1	"	1	1	"	"	"	1	"	1	1
Méarne	1	1	"	1	"	1	1	"	"	"	1	"	1	1
Mogador	1	2	1	2	1	1	1	"	1	2	1	"	1	"
Colbert	"	2	"	1	"	1	1	"	1	2	"	1	"	"
Aigle	"	1	"	1	"	1	1	"	1	1	"	"	"	"
	5	22	4	22	4	12	10	4	3	5	4	9	4	10

Suite.

	Voilerie		Armurerie et Forges	
	Maîtres	2es Maîtres	Maîtres	2es Maîtres
Océan	1	1	1	1
Dryade	1	1	1	1
Héroïne	1	1	1	1
Naïade	"	1	"	1
Alcibiade	"	1	"	1
Eglantine	"	"	"	1
Méarne	"	1	"	1
Mogador	"	1	"	1
Colbert	"	1	"	1
Aigle	"	"	"	1
	3	11	2	10

Malgré tout le soin apporté à la Composition des Compagnies permanentes. Elles ne correspondent qu'aux vaisseaux de quatre rangs, et aux frégates de 1er et de 2e rang.

Les Corvettes à gaillards de 32 et de 28 (Ancien style), les corvettes sans gaillards de 28 canons de 18, les corvettes à batterie barbettes de 24, les corvettes avisos, les bricks de 20, de 18 et de 16, les bricks avisos de 14, les corvettes de charge de 800 t., celles de 4 à 600 t., les bricks de 8 à 10 Canons, les Canonnières bricks de 8 canons, les goëlettes de 6 à 8 Canons, les gabares de 350 à 400 t. et de 250 à 350 t., de 200 t. et au dessous c'est-à-dire dix sept catégories de navires n'ont leur équipage formé qu'à l'aide de compléments soit de paix soit de guerre ce qui rend plus complexe qu'elle ne devrait l'être la base même de la marine. Il serait raisonnable de la simplifier le plus qu'il est possible. Les équipages des bâtiments à vapeur fixés dix années plus tard que les autres, et quand la foi aux compagnies permanentes était déjà passablement refroidie, sont calculés d'un seul bloc, pour chacun des cas de guerre, de transport, et d'hôpital; ou bien quand ils entrent en réparation dans un port pour plus de trois mois, dans l'un ou l'autre de ces trois armements divers. Quand des bâtiments à vapeur entrent en réparation pour plus de trois mois, le but évident du débarquement d'une partie de leur personnel, qui peut être n'y remettra jamais les pieds, est de faire des économies au budget, il en est de même pour les diverses espèces d'armement qu'on fait subir aux navires à voiles, par les compléments d'équipage sur pied de paix, sur pied de guerre, et en transport qui s'ajoutant au noyau des compagnies permanentes constituent divers états de revue pour chaque navire par exercice courant. Si nous y joignons la disponibilité de rade, la Commission de port, la Commission de rade, les phares variables à l'infini des armements divers, on arrive à un dédale de cas et circonstances infinies qui mettraient en défaut la mémoire la plus heureuse. Nul fil d'Ariane ne peut servir à se diriger dans ce labyrinthe inextricable.

La France qui n'a jamais vu qu'avec dédain la lésinerie présider à ses destinées, aimerait assez les économies judicieuses. — Il y en a de fort belles à faire dans la marine qui auraient le double avantage de garder au trésor quelques états, et d'augmenter en même temps la puissance du pays. Qu'on décide une fois pour toutes, que les marins sans exception employés dans les ports, sur les bâtiments armés ou en disponibilité, (il n'y a que ces deux situations pour les navires et les hommes), ne toucheront que les quatre cinquièmes de la solde à la mer et on arrivera à maintenir au complet les équipages des navires qui ont besoin de réparations momentanées, et à conserver dans les traditions de la discipline une foule de braves gens que l'on perd en les isolant de leurs navires, les Officiers quand ils ne sont pas travaillés par les ardeurs du métier sont amenés tout naturellement à d'autres amours dont le résultat le moins mauvais est de produire des unions boîteuses, les matelots vont s'hébéter dans les salles voluptés du cabaret. On ne saurait calculer tout ce que perdent les Officiers mariniers par le séjour prolongé dans les casernes d'Équipages de Ligne.

Les cadres permanents des Escadres seraient les Officiers des Etats-Majors, les Officiers mariniers et les matelots spéciaux nécessaires à la navigation à voiles ou à vapeur, et un certain nombre de Canonniers et de fusiliers, de Charpentiers, de Calfat et voiliers; le reste constituera le complément d'Equipage variable suivant les conjonctures. Loin de diminuer le nombre des Officiers et Officiers mariniers embarqués en raison du temps de paix, il vaudrait mieux songer à l'augmenter. — C'est quand le corps est faible qu'il faut donner à l'âme son maximum d'énergie. La limite est le nombre des Officiers qui peuvent trouver des emplois utiles sur les navires armés ou en disponibilité. On ne saurait trop les multiplier ainsi bien pour les Officiers, que pour les Officiers mariniers. Mais il est sage de supprimer les positions sans emploi ou plutôt avec un emploi apparent à la surface, nul dans la réalité, c'est une nécessité de la constitution intrinsèque de la marine et la seule chose qui la rende raisonnablement possible, que de pouvoir maintenir en temps de paix la moitié environ de ses navires et de ses marins en disponibilité. Mais dans cette position voulue par la nature des choses, il est fort équitable de ne pas faire pour eux les mêmes dépenses que s'ils étaient employés à la mer ou dans les ports. Les Officiers des ports de mer auraient sur leurs camarades de l'Intérieur l'avantage de n'avoir aucun frais de déplacement à faire pour se rendre dans leur famille. Quant aux Officiers mariniers et marins encadrés ils verraient jouir de la même latitude que les Officiers. Toutefois pour rejoindre les bâtiments de leur escadre, les frais de conduite leur seraient alloués sur le budget de l'Escadre. Ce petit avantage pour le retour seulement, n'a pas besoin d'être concédé aux Officiers ; il s'explique de lui-même.

Dans la deuxième partie de ce mémoire, nous avons eu occasion de comparer l'organisation intérieure du vaisseau Anglais qui correspond le mieux à notre vaisseau de 1er rang, et d'en déduire diverses conclusions, notamment que nos voisins nous surpassent par le fini des détails dans la constitution du service de la manœuvre et du mousquet.

À bord des navires de toute grandeur dans une marine bien constituée, tous les emplois doivent être créés en vue des nécessités du service particulier auquel ils sont destinés.

Manœuvre. À bord d'un vaisseau il faut 8 seconds maîtres chefs de hune, 3 pour assurer la manœuvre sur le pont aux pieds des mâts ; un par batterie, 3 par conséquent à bord d'un vaisseau à trois ponts ; 1 chef de cale, 1 pour patron de la chaloupe, 1 pour le grand canot, 1 pour patron du Commandant, total 14. — À bord d'une frégate ce nombre est réduit à 11 par l'absence de la 1re et de la deuxième batterie, et la présence d'un quartier maître chef de la hune d'artimon.

Il est ramené à 9 à bord d'une corvette à gaillards attendu que le grand canot et le canot du Capitaine sont de nature à avoir des quartiers maîtres pour patrons. — À bord d'une corvette à batterie barbette, les 4 chefs de hune et de beaupré, seront des quartiers maîtres ainsi que les chefs des pieds du mât et les patrons, mais il faut un second maître pour maître d'équipage et un pour la cale et l'entrepont. Il en est de même à bord du brick.

À bord de la canonnière il ne faut qu'un second maître pour maître d'équipage. — À bord de la Corvette de charge il faut outre un second maître chef de cale, un second maître pour la batterie et 1 pour le pont. — Il faut un second maître en plus à bord de la frégate à vapeur. — La corvette et l'aviso à vapeur ont ce qui leur faut.

Canonnage. Les seconds maîtres canonniers doivent être répartis à raison de 1 par demi-batterie, à bord des navires commandés par les capitaines de vaisseau ; 1 par batterie à bord des navires commandés par les Capitaines de frégate. — Le bien du service et la nécessité de la hiérarchie exige qu'il y ait un second maître pour maître canonnier à bord des navires commandés par les lieutenants de vaisseau.

Timonnerie. Deux seconds maîtres de timonnerie suffisent à bord d'un vaisseau à trois ponts aussi bien que sur une frégate de 1er rang. C'est un résultat d'expérience ; il suffit d'un second maître de timonnerie sur une frégate à vapeur comme à bord d'une corvette à gaillards. — Nous avons exposé pourquoi il convenait d'avoir un premier maître de timonnerie à bord de tous les autres bâtiments, afin de conserver la hiérarchie sans solution de continuité. — Ils auront en outre un second maître de timonnerie provenant des quartiers maîtres de manœuvre, après un examen préalable.

Un Capitaine d'armes de 1re Classe sur les navires commandés par les Capitaines de vaisseau, de 2e Classe sur ceux commandés par les Capitaines de frégate, 1 de 3e classe sur ceux des Lieutenants de vaisseau : et les sergents d'armes comme ils sont établis par le règlement.

Partout où il y a un maître charpentier, il faut un second maître pour le seconder et le remplacer au besoin; il en est de même pour les calfats, les voiliers, les armuriers, les forgerons; toutefois, le progrès de la marine à vapeur devant multiplier les navires mixtes, le service de la forge ne peut que gagner. Le grand emploi du fer dans les réparations à faire à bord donne aux officiers mariniers de la forge une importance inconnue de l'ancienne marine.

Les considérations préliminaires admises, nous allons dresser les cadres de la maistrance d'une escadre comme on le verra dans le tableau ci-joint.

	Manœuvre		Canonnage		Timonerie		Armes		Machines		Charpentage	
	1er Maîtres	2e Maîtres	1er Maîtres	2e Maîtres	1er Maîtres	2e Maîtres	Capitaines d'armes de 1re classe	Sergents d'armes de 2e et 3e cl.	1er Maître	Maîtres	Maîtres	2e Maîtres
Océan	1	14	1	8	1	2	1	2	En raison de la force		1	1
Dryade	1	11	1	4	1	2	1	1	des machines qu'on		1	1
Héroïne	1	9	1	3	1	1	1	1	embarquera.		1	1
Naïade	"	2	"	2	1	1	"	1			"	1
Alcibiade	"	2	"	2	1	1	1	1			"	1
Eglantine	"	1	"	1	1	1	1	1			"	1
Marne	1	3	"	2	1	1	1	1			"	1
Mogador	1	3	1	3	1	1	1	1	1	2	1	1
Colbert	"	2	"	2	1	1	"	1	1	2	"	1
Aigle	"	1	"	1	1	1	"	1	1	1	"	1
	5	48	4	28	10	12	4	11	3	5	4	10
D'après l'ancien règlement	5	22	4	22	4	12	10	4	3	5	4	9
Différence	0	+26	0	+6	+6	0	−6	+7	0	0	0	+1

Suite.

	Calfatage		Voilerie		Armurerie et Forges		Total
	Maîtres	2e Maîtres	Maîtres	2e Maîtres	Maîtres	2e Maîtres	
Océan	1	1	1	1	1	2	39
Dryade	1	1	1	1	1	1	30
Héroïne	1	1	1	1	1	1	26
Naïade	"	1	"	1	"	1	11
Alcibiade	"	1	"	1	"	1	11
Eglantine	"	1	"	1	"	1	9
Marne	"	1	"	1	"	1	13
Mogador	1	1	1	1	"	1	22
Colbert	"	1	"	1	"	1	14
Aigle	"	1	"	1	"	1	11
	4	10	4	10	3	11	Total égal. 186
Ancien règlement	4	10	3	11	2	10	= 164
Différence	0	0	+1	−1	+1	+1	+ 42

La supériorité de l'organisation proposée s'explique d'elle-même. — Quant à la question d'économie le Ministre seul est en mesure de la résoudre judicieusement : le but est d'arriver au plus grand résultat que l'on puisse atteindre avec la moindre dépense. — La même règle que nous avons tracée pour les Officiers s'appliquerait aux Sous-Officiers des Escadres permanentes; ils auraient pour positions : le service à la mer, l'emploi dans les ports embarqués ou non, la disponibilité.

Arrivons aux quartiers-maîtres et matelots spéciaux. —

Le tableau ci-après fera voir leur chiffre, si l'on se conformait aux règlements en vigueur.

	Manœuvre			Canonnage			Timonnerie		Machines		Charpentage	
	q.rs Maîtres	Chefs de hune	Gabiers	q.rs Maîtres	Chefs de pièces	Chargeurs à 1.re servants de gauche	q.rs Maîtres	Sondeurs	Contre-Maîtres	Ouvriers	q.rs Maîtres	Ouvriers
Océan	24	4	36	23	44	63	5	8	.	"	3	17
Dryade	11	4	32	10	20	30	2	6	.	.	2	7
Héroïne	6	.	16	5	11	16	1	4			1	3
Naïade	4	.	16	4	8	12	1	4			2	2
Alcibiade	3	.	10	3	7	10	2	2			1	1
Eglantine	2	.	10	2	2	4	2	2			1	.
Marne	4	"	10	5	5	10	2	2	"	"	1	2
Mogador	4	3	32	4	8	24	1	6	6	16	1	4
Colbert	3	.	14	4	4	16	2	2	4	10	1	2
Aigle	2	"	6	1	3	6	1	2	2	6	1	2
	63	11	180	61	112	191	19	38	12	32	14	41

Suite.

	Calfatage		Voilerie	
	q.rs Maîtres	Ouvriers	q.rs Maîtres	Ouvriers
Océan	3	17	3	17
Dryade	1	7	2	7
Héroïne	1	3	1	3
Naïade	1	2	1	2
Alcibiade	1	1	1	1
Eglantine	1	"	1	"
Marne	1	2	1	2
Mogador	1	4	1	4
Colbert	1	2	1	2
Aigle	1	2	1	2
	12	40	13	40

Les principes généraux à appliquer pour déterminer le nombre des Quartiers maîtres nécessaires à bord, sont ceux-ci :

Manœuvre.

À bord du vaisseau de 1er rang, 4 sous-chefs de hune, 6 quartiers-maîtres tribord et babord au pied des mâts et sur les passavants, 6 pour les 3 batteries à raison de deux par batterie, 1 second chef de Cale, 3 patrons de Canots, Canot-Major, Canot moyen et petit Canot ; 2 quartiers maîtres pour les basses vergues. — Total 22.

À bord de la frigate de 1er rang, 3 sous-chefs de hune, 2 quartiers maîtres pour les basses vergues ; 6 sur le pont, 2 dans la batterie, 1 sous-chef de Cale, 3 patrons. — Total 17.

À bord de la corvette à gaillards, trois sous-chefs de hune, 3 quartiers-maîtres de pont, 1 sous-chef de cale, 2 patrons pour le grand Canot et le Canot du Capitaine 9

À bord de la corvette à batterie barbette, 4 chefs de hune, 3 chefs du pied du mât, 1 patron de Chaloupe et un patron du grand Canot 9

À bord du brick de 1re classe, 2 chefs de hune, 3 quartiers maîtres de mât, 1 patron de chaloupe 6

À bord de la canonnière, 2 quartiers maîtres sur le pont, 1 pour la cale, 1 pour la chaloupe 4

À bord du transport de 800t, 3 chefs de hune, trois pour le pont, 1 second chef de cale, 1 patron de la chaloupe 8

Sur la frigate à vapeur de 650 chevaux, 1 chef de beaupré, 2 chefs de hune, 2 quartiers-maîtres de pont, 1 second chef de cale, 2 patrons 8

À bord de la corvette à vapeur, 2 quartiers maîtres de mât, 1 chef de cale, 2 patrons 5

À bord de l'Aviso à vapeur, 2 quartiers maîtres sur le pont, 1 pour la cale, 1 patron d'embarcation 4

Pour les gabiers de 1re et de 2e classe, on se conformera à l'ordonnance signée à St Cloud, le 29 7bre 1847 et appliquée sur la flotte.

Canonnage.

Le nombre des quartiers maîtres de canonnage doit être fixé à raison de deux par demi-batterie. Ils seront ou chefs des premières pièces ou sections dans les batteries, ou préposés au service des passages dans les soutes à poudre et magasins à bord. Le nombre des chefs de pièces ou canonniers de 1re classe est égal au nombre des canons, moins celui des quartiers maîtres chefs de pièces. Il y a deux fois autant de premiers servants de droite et de premiers servants de gauche que l'armement du navire comporte de Canons. C'est un chiffre essentiellement variable. Nous prendrons pour base de nos fixations le décret du 27 Juillet 1861.

Timonnerie.

Deux quartiers maîtres de timonnerie pour un second maître à bord de tous navires soit à voiles, soit à vapeur.

Machines.

Tout est bien à bord des navires à vapeur pour le chiffre des mécaniciens. — À bord des bâtiments où l'on mettra des machines auxiliaires, il devra être fixé en raison de la force des machines.

Charpentage;
Calfatage,
Voilerie.

Le chiffre des quartier-maîtres de ces professions maritimes doit être fixé à deux par second maître à bord des navires commandés par des Capitaines de vaisseau ; un suffit pour les navires commandés par les Capitaines de frégate et Lieutenant de Vaisseau. On pourra répartir la diminution des quartier-maîtres en augmentation sur les ouvriers de ces trois spécialités si cela était nécessaire.

Forge et Armurerie.

Il n'y a rien à changer si ce n'est peut-être de donner des compagnons aux armuriers des vaisseaux et autres navires en raison du nombre d'armes qu'ils ont à soigner.

L'uniformité, règle invariable d'une bonne organisation d'un grand service public, exige que les matelots gabiers, matelots canonniers, matelots sondeurs, les mécaniciens, charpentiers, calfats, voiliers soient divisés en deux classes, sans s'astreindre à une règle invariable pour le chiffre de chaque classe. En principe elles doivent être égales en nombre, en fait, on doit s'appliquer à maintenir l'émulation parmi les matelots et bien que l'on doive passer de la 2.e à la 1.re classe à l'ancienneté, les actions d'éclat soit dans la navigation soit dans le combat, doivent donner droit à passer à la première classe. Toutes les 2.es classes doivent pouvoir être choisies indistinctement parmi les matelots de 3.e classe et les marins qui ont six mois de service à la mer.

Le tableau ci-dessous a été calculé d'après les principes que nous venons d'exposer.

Quartier-Maîtres et Matelots spéciaux.

	Manœuvre.			Canonnage.			Timonerie.		Machines.		Charpentage	
	Q.r Maîtres.	Gabiers 1.re Classe	2.e classe	Q.r Maîtres.	Canonniers 1.re Classe	2.e Classe	Q.r Maîtres.	Sondeurs 1.re a 2.e cl.	Contre-Maîtres.	Ouvriers de 1.re a 2.e cl.	Q.r Maîtres.	Ouvriers de 1.re a 2.e cl.
Océan . . .	22	44	56	16	40	112	4	8	. .	.	2	18
Dryade . .	17	36	44	8	17	80	4	6	. .	.	2	7
Héroïne . .	9	19	24	6	4	20	2	4	. .	.	2	4
Naïade . .	9	14	18	4	4	16	2	4	. .	.	1	3
Alcibiade . .	6	10	10	4	2	12	2	2	. .	.	1	2
Églantine . .	4	6	6	2	1	8	2	2	. .	.	1	2
Marne . .	8	14 (1)	18	4	4	16	2	4 (2)	. .	.	1	4
Mogador . .	8	14	18	6	6	24	2	6	6	16	2	4
Colbert . . .	5	7	7	4	2	12	2	4 (3)	4	10	1	3
Aigle . . .	4	3	3	2	1	6	2	2	2	6	1	2
	92	166	203	56	81	272	24	42	12	32	14	49
Ancien tableau	63	11	180	61	112	191	19	38	12	32	14	41
Différence	+ 29	+ 155	+ 23	− 5	− 31	+ 81	+ 5	+ 4	.	.	.	+ 8

Suite.

	Calfatage.		Voilerie.		Total.
	Q.r Maîtres.	Ouvriers de 1.re a 2.e cl.	Q.r Maîtres.	Ouvriers de 1.re a 2.e cl.	
Océan . . .	2	2	2	10	338
Dryade . .	2	2	2	7	204
Héroïne . .	2	2	2	4	104
Naïade . .	1	1	1	3	81
Alcibiade . .	1	1	1	2	56
Églantine . .	1	1	1	2	33
Marne . .	1	1	1	4	82
Mogador . .	2	2	2	4	122
Colbert . .	1	1	1	3	67
Aigle . .	1	1	1	2	39
	14	14	14	41	Total égal . . 1.126
Ancien tableau .	12	40	13	40	
Différence .	+ 2	− 26	+ 1	+ 1	

(1)   Le Règlement ne donne que 5 gabiers de 1ʳᵉ et 5 de 2ᵉ pour les Corvettes de charge de 800 tᵉ. Si on les compare comme navires ayant une mâture et des voiles à manœuvrer, on verra qu'il n'y a rien d'exagéré à leur allouer le même nombre de gabiers qu'aux corvettes de 24.

(2) n (3)   On était en droit de se demander pourquoi les timonniers soudeurs ayant été jugés nécessaires à bord de la frégate à vapeur aussi bien qu'à bord de la frégate à voiles on n'appliquait pas le même principe à la corvette de charge ou transport de 800 tᵉ, ainsi qu'à la corvette à vapeur de 400 Chevaux.

Tels seraient les cadres d'une escadre.

Ne pensant pas qu'il soit utile ni convenable de modifier le chiffre général adopté pour les Équipages, nous allons procéder au recrutement de ce qui nous restera sur les bâtiments, quand nous en aurons retiré un nombre égal à celui que nous avons démontré devoir constituer les cadres permanens de l'armée navale.

La première colonne du tableau ci-dessous fait connaître le nombre des Officiers, Officiers mariniers, mécaniciens et matelots de trois classes embarqués sur les bâtimens de la flotte. La 2ᵐᵉ les apprentis marins, la 3ᵉ les mousses. Les en tête expliquent le reste.

	1ʳᵉ Colonne	Apprentis marins	Mousses	Cadres proposés	Rest en matelots de 3ᵉ Classe	D'après le règlement	Différence en moins
Océan . . .	851	169	39	395	456	381	
Brigade (1) .	377	91	21	244	133	152	
Jérôme . . .	163	39	12	140	23	62	
Naïade . . .	116	26	10	97	19	44	
Alcibiade . .	77	13	9	72	5	28	
Eglantine . .	38	"	4	46	– 8	12	46
Marne . . .	107	26	9	100	7	35	
Mogador . .	293	52	16	149	144	107	
Colbert . .	135	24	8	86	49	39	
Aigle . . .	61	16	4	54	7	14	
				1383	843 ou 835	881	

(1)   Pour la frégate à voiles de 1ᵉʳ rang) le cadre des trois compagnies et demie s'ajustait si bien pour la composition de l'Équipage réglementaire, en Officiers, Officiers mariniers, seconds maîtres et Quartiers maîtres, qu'on n'a eu à lui donner aucun complément de paix ni de guerre, ce qui prouve surabondamment à quoi sont destinés les complémens d'Équipage partout ailleurs.

On voit à l'inspection du tableau ci-dessus, que l'armement proposé pour être le cadre permanent d'une escadre, ne réduirait que de 46 les matelots de 3ᵉ classe sur un chiffre de 881, c'est tout-à-fait insignifiant : Mais il a le mérite essentiel d'assurer l'honneur du pavillon à bord du plus petit navire, comme à bord du plus grand, en donnant uniformément à chacun ce qui lui convient pour assurer l'excellence de sa navigation. Aujourd'hui, tandis qu'à bord du superbe vaisseau à trois ponts, les ressources surabondent, à n'en savoir que faire, elles décroissent avec une rapidité effrayante, à mesure qu'on resené l'échelle sociale des navires, au point que notre pauvre Eglantine qui occupe le dernier rang, loin d'avoir à fournir aux emplois indispensables du service à bord, se trouve manquer de 8 matelots de 3ᵉ Classe, pour hâler sur la corde et faire les menus ouvrages du pont.

Les autres facultés reconnues nécessaires par l'ordonnance du 27 7ᵇʳᵉ 1847, sont :

	Caliers	Patrons	Brigadiers	Chaloupiers	Peintres	Barbiers	Infirmiers	Mᵉˢ Chauffeurs	Soutiers	Clairons	Écrivains
Océan	18	4	12	18	8	7	2	"	"	6	2
Dryade	8	3	10	14	6	4	1	"	"	3	2
Héroïne	2	2	8	8	3	2	1	"	"	1	"
Naïade	2	2	4	8	2	1	1	"	"	1	"
Alcibiade	1	"	3	"	1	1	1	"	"	"	"
Eglantine	1	"	"	"	1	1	1	"	"	"	"
Marne	8	"	2	10	"	1	1	"	"	1	"
Mogador	3	3	8	14	4	3	1	16	32	2	2
Colbert	2	2	4	10	2	1	1	10	20	"	"
Aigle	1	1	2	"	"	1	1	4	10	"	"

Suite.

	Instituteurs	Vaguemestre	Tourriers	Suppléments facultatifs
Océan	1	1	7	25
Dryade	1	1	4	16
Héroïne	1	1	2	4
Naïade	1	1	1	4
Alcibiade	1	1	1	"
Eglantine	1	1	"	"
Marne	"	"	1	"
Mogador	1	1	2	16
Colbert	1	1	1	4
Aigle	1	1	1	"

Si c'est un principe élémentaire d'administration d'éviter avec soin toute dépense superflue quelque minime qu'elle soit, une bonne discipline ne comporte pas de double hiérarchie même pour les emplois les plus modestes.

Caliers.

Ce sont les vieux matelots qui d'ordinaire remplissent ces emploi. Nous avons démontré dans la seconde partie de ce mémoire combien il serait conforme à la nature des choses et aux instincts du matelot, d'avoir la hiérarchie fort simple des matelots de 3ᵉ Classe, des gabiers ou matelots de 2ᵉ Classe, et enfin des gabiers ou matelots de première classe: le jeune gabier de 2ᵉ classe est agile, plein de feu et tout-à-fait propre aux manœuvres hautes; le vieux matelot ancien gabier est plus rassis et tout-à-fait convenable à devenir dans la cale la cheville ouvrière du service; l'ancienneté donne naturellement à tous les gabiers ce supplément de Calier; et le nombre des gabiers en assez considérable pour qu'on en mette de 1 à 4 dans la cale des navires, suivant leur grandeur, depuis la canonnière jusqu'au vaisseau à trois ponts : On leur donnera pour compagnons de bons matelots de 3e classe ; dans la cale aussi bien qu'ailleurs, il ne saurait exister de hiérarchie si l'on n'y met pas des supérieurs et des inférieurs.

Patrons et Brigadiers.

La constitution proposée organise ce service d'une manière forte et permanente ; pour ce qui n'a pas été spécifié, les gabiers sont là qu'il faille exercer les fonctions de patron dans les embarcations qui n'en ont pas, ou celles de brigadier dans toutes. Tout canot est bien armé et apte à faire toute espèce de service, soit à la voile soit à l'aviron, quand le banc de l'arrière et celui de l'avant sont garnis, ainsi que ceux où se trouvent les mâts : A ce titre il faut six gabiers dans la chaloupe d'un vaisseau. Le nombre des matelots gabiers nécessaires à l'armement des autres embarcations se détermine facilement en vertu de ce principe. Il en est d'un par banc pour les embarcations en pointe ; ainsi dans la baleinière la mieux armée, trois gabiers suffisent, le reste en du remplissage. Tout apprenti marin doit savoir manier un aviron, c'est le métier des matelots de 3e classe de l'Inscription maritime.

Chaloupiers.

Les matelots ordinaires doivent pouvoir compléter l'armement de la chaloupe ; d'ailleurs les matelots canonniers de 2e classe ne peuvent-ils pas être les chaloupiers en titre ; leur solde ne comporte pas de supplément.

Peintres.

La peinture est l'affaire des gabiers pour ce qui regarde le navire ; des canonniers pour ce qui en artillerie. S'il y a des artistes à bord, ils y trouveront leur emploi et la considération nécessaire. A voir la multitude des suppléments créés à mon avis bien inutilement, pour la plupart, on dirait que la solde du grade est une chose qui n'implique aucun travail obligatoire.

Barbiers. — Infirmiers.

Ce sont des détails de vie intérieure qu'il serait mieux de laisser à l'initiative privée, sous la surveillance des capitaines de Compagnie, et des Chirurgiens-Majors. Des Infirmiers en titre sont une bonne création ; au reste c'est l'affaire des Officiers de santé.

Chauffeurs. — Soutiers.

Ce sont suppléments de fatigue bons à conserver pour les jours de chauffe. Les matelots chauffeurs devraient être les apprentis ouvriers, chauffeurs de la machine, ce serait rendre la marine maîtresse de ses sources, point plus essentiel qu'on n'a l'air de le supposer.

Clairons.

C'est le principe de la musique à bord de tous navires. Il est de toute convenance qu'il y en ait une à bord des navires amiraux ou des Commandans des divisions navales, suivant l'importance relative des Commandemens et la grandeur du bâtiment.

Écrivains. — Fourriers. — Instituteurs. —

L'Instruction primaire est le fondement de ces trois suppléments. Quant on veut instituer quelque chose d'aussi essentiel que l'éducation d'un corps où aboutit toute la jeunesse du littoral, il ne faut pas procéder par demi mesures comme d'accorder des suppléments de quelques centimes à un sous-Officier, ou à un matelot ad libitum. Par on arrive directement à produire le résultat opposé à celui qu'on avait l'air de chercher. — Je ne crois pas m'avancer beaucoup, en affirmant que la moitié au moins des Officiers mariniers, sait à peine signer aujourd'hui. — Cependant depuis vingt-cinq ans au moins, les hommes qui ont été à la tête du gouvernement de la France se sont occupés de faire donner à grands frais, aux mousses, l'éducation nautique et l'Instruction élémentaire qui devrait en faire de bons maîtres pour la marine. Leurs efforts n'ont rien produit : c'est par le principe fécond du progrès déposé au sein de la constitution, c'est par les actes de la vie journalière et non par du bavardage ou des écoles de mousses que l'on amènera la marine au niveau qui lui convient. Les préjugés surannés du vieux temps se sont déjà fort ébranlés au contact et aux idées de la France moderne, il est temps qu'ils baissent pavillon. Comment ne chercheraient-ils pas à se maintenir, par cette manie de vie qui est le propre de tout ce qui a vécu, quand ils ont sous les yeux les traitements de nos fourriers, ces parias de la marine, qui n'ont que des grades postiches et qui chargés de galons d'or, ne parviennent pas toujours à franchir le grade de matelot de première classe. Pourquoi ne pas prendre exemple sur l'armée de terre? Là, les Caporaux fourriers, les brigadiers fourriers ont le pas sur tous les autres Caporaux. L'instruction est comptée pour quelque chose dans l'avancement des sous-Officiers. Mais l'instruction même élémentaire est tellement antipathique à certains esprits que l'on a eu bien soin de ne pas mettre d'instituteurs sur la corvette de charge, ou le transport de 800ᵗ; sans doute, parce que ces bâtiments doivent être plus marins que les autres. Nos Officiers mariniers à bord de tous les bâtiments ont des fonctions pourtant bien importantes, quand ils sont maîtres chargés, et qui exigeraient pour les bien remplir, quelques connaissances en comptabilité, dont ils sont ou devraient être la vraie cheville ouvrière. L'intérêt du service et l'honneur de l'Administration exige qu'on les amène le plutôt possible à sortir des ténèbres de l'ignorance. Les Sergents-Majors de l'armée ne sont-ils pas le pivot de la comptabilité des compagnies; et nos maîtres chargés ne doivent pas leur être inférieurs; ainsi l'exigent la nature des choses et le bien de l'État.

Quant à l'instruction élémentaire de la masse des équipages, il serait bon, sous ce rapport, de n'être inférieur à aucune nation de l'Europe. L'ignorance a des charmes, pour tout esprit bien fait et je ne doute pas qu'elle n'ait puissamment contribué au bonheur de ceux qui dans certains temps et dans certains pays ont pu se créer des biens isolés au milieu du monde, mais il est des nécessités de position; la vie du marin est errante partout le globe; d'ailleurs, le marin catholique ne doit pas être inférieur aux blonds fils du nord, troupeau séparé par Luther, dans les connaissances qui sont l'élément de la vie sociale au dix-neuvième siècle.

Vaguemestre.

Quand les enfants ne savent pas marcher il faut les tenir en lisière. C'est une chose fort agréable quand on est embarqué sur un vaisseau ou tout autre navire dans une rade de France, que d'avoir son vaguemestre, pour vous apporter vos lettres et journaux aussitôt l'arrivée du courrier.— Mais il en est tout autrement quand on fait la croisière des côtes occidentales d'Afrique, ou plutôt encore, quand on est en station au Gabon ou dans quelque pays perdu. Le Directeur des mouvements de la flotte est le véritable vaguemestre de la marine. C'est une rude tâche que d'entreprendre de suppléer à l'intelligence individuelle qui doit présider aux affaires du ménage à bord des navires ou ailleurs.— Le gouvernement fait preuve de bonne volonté, on doit lui en savoir gré. Il existe peut-être encore parmi nous des esprits si mal faits, que s'il n'y avait pas de vaguemestre, ils n'enverraient jamais chercher les lettres; et qui regardent comme un privilège une faveur insigne de donner un canot pour les envoyer prendre.....

Suppléments facultatifs.—

Je ne me permettrai jamais d'élever le moindre doute sur l'emploi judicieux qui a dû être fait des fonds remis à l'arbitraire des Commandants, et qu'ils peuvent distribuer à peu-près à leur fantaisie. Napoléon était un homme de génie, le plus grand Capitaine des temps modernes, adoré du soldat, tout affectionné de la nation. Après la lutte héroïque qui a immortalisé nos plaines, il est tombé: quelques esprits superficiels croient que c'est devant les bayonnettes de l'Europe. Sa conscience lui rendait un autre témoignage. Qui pourrait avoir perdu la mémoire des angoisses de la nuit de Fontainebleau? l'arbitraire ne vaut rien, même pour des Capitaines de vaisseau. D'ailleurs, nos institutions—

publiques doivent être claires comme le jour, la France aime à pouvoir contrôler ses dépenses.

À cet effet, nous allons jeter un coup d'œil sur la question financière et dresser le budget mensuel et individuel de chacun des navires de notre Escadre.

1°. Océan.– Vaisseau de 1er rang.

	Ancien armement.			Armement proposé.	
État-Major	6 Lieutenant	1.500	**État-Major**	6 Lieutenans	1.500
	7 Enseignes	1.050		6 Enseignes	900
	13 Aspirans	1.079		12 Aspirans	798
Petit État-Major	1 1er. Maître de manœuvre	90	**Manœuvre**	1 Premier - maître	120
	1 id de canonnage	90		14 Seconds - maîtres	915
	1 id de timonnerie	90		22 Quartier - Maîtres	1.023
	1 Capitaine d'Armes	81		44 Gabiers de 1re. classe	1.760
	1 Maître Charpentier	81		56 id de 2e. classe	2.072
	1 " Calfat	81	**Canonnage**	1 1er. Maître	120
	1 " Voilier	81		8 2es. Maîtres	528
	1 " Armurier forgeron	60		16 Quartier - Maîtres	744
Seconds-maîtres	6 2es. Maîtres de manœuvre	414		48 Canonniers de 1re. classe	1.600
	7 " de Canonnage	483		112 id de 2e. classe	4.144
	3 " de timonnerie	207	**Timonnerie**	1 1er. Maître	120
	3 " de charpentage	180		2 Seconds - maîtres	132
	3 " calfatage	180		4 Quartier - Maîtres	186
	4 " de Voilerie	240		8 Timoniers de 1re. et 2e. Classe	308
	2 " Armuriers	120	**Armes**	1 Capitaine d'armes	111
Quartier Maîtres	24 Quartier maîtres de manœuvre	1.152		2 Seconds	141
	23 " de canonnage	1.104	**Charpentage**	1 Maître	111
	5 " de timonnerie	240		1 Second maître	60
	3 " de charpentage	135		2 Quartier - Maîtres	87
	3 " de Calfatage	135		18 Ouvriers de 1re. et 2e. Classe	693
	3 " de Voilerie	135	**Calfatage**	1 Maître	111
Fourriers	7 Fourriers	357		1 Second - Maître	60
Matelots	170 Matelots de 1re. Classe	6.120		2 Quartier - Maîtres	87
	170 " de 2e.	5.610		2 Ouvriers de 1re. à 2e. Classe	77
	381 " de 3e.	9.144	**Voilerie**	1 Maître	111
	169 Apprentis marins	3.042		1 Second - Maître	60
	39 Mousses	468		2 Quartier - Maîtres	87
				10 Ouvriers de 1re. et de 2e. Classe	385
			Forges et Armurerie	1 Maître	111
				2 Seconds Armuriers	114
			X	450 Matelots de 3e. Classe	10.800
				169 Apprentis marins	3.042
				39 Mousses	468
	1.059 hommes.	**32.949**	**1.059**		**33.686.**

Ancien Armement 34.382.70

Différence 716.70

Le nouvel armement est à la fois plus clair et plus économique que l'ancien, les marins peuvent apprécier s'il garantit mieux le service de la mer.

Suite de l'Océan.

Supplémens à la mer de l'ancien armement.

1	1er Maître de manœuvre	30ᶠ
1	" de Canonnage .	30
1	" de timonnerie .	30
1	Capitaine d'Armes .	30
1	Maître de Charpentage .	30
1	" de Calfatage .	30
1	" de Voilerie .	30
1	Armurier Forgeron .	30
7	Fourriers .	14.70
4	Chefs de hune .	36
40	Gabiers de 1re Classe .	300
56	" de 2e " .	252
37	Chefs de pièce .	277
60	Chargeurs .	360
60	1ers Servans de gauche .	270
	à Reporter .	1749.70

	Report .	1.743.70
8	Timonniers Sondeurs .	48
16	Cahiers .	48
4	Matelots patrons .	12
12	Brigadiers .	36
18	Chaloupiers .	54
8	Peintres .	24
7	Barbiers .	21
2	Infirmiers .	6
25	Facultatifs .	75
6	Clairons .	18
2	Ecrivains .	12
1	Instituteur .	18
1	Vaguemestre .	12
		2.133,70
	Report .	32.249
		34.382,70

2e. Dryade.- Frégate de 1er rang.

	Ancien Armement				Armement nouveau	
Etat-Major	3 Lieutenants de vaisseau .	750ᶠ		Etat-Major	5 Lieutenant .	1050ᶠ
	4 Enseignes .	600			8 Aspirans .	532
	8 Aspirans .	664			1 1er. Maître .	114
Petit Etat-Major	1 1er. Maître de manœuvre .	90		Manœuvre	11 2es. Maîtres .	723
	1 " de Canonnage .	90			17 Quartier Maîtres .	784
	1 " de timonnerie .	90			36 Gabiers de 1re. Classe .	1440
	1 Capitaine d'armes .	81			44 " de 2e .	1628
	1 Maître de charpentage .	81		Canonnage	1 Premier Maître .	114
	1 " de Calfatage .	81			4 2es. Maîtres .	264
	1 " de Voilerie .	81			8 Quartier Maîtres .	370
	1 Armurier forgeron .	60			17 Canonniers de 1re. Classe .	680
					50 " de 2e. Classe .	1850
	à Reporter .	2668		Timonnerie	1 Premier Maître .	114
					2 2es. Maîtres .	132
					4 Quartier Maîtres .	286
					6 Sondeurs de 1re et 2e. classe .	231
					à Reporter .	10412

Suite de la Dryade.

Ancien Armement.

	Report .	2.668 $
	3 Seconds maîtres de manœuvre	207
	4 " de canonnage	276
	2 " de timonnerie	138
Seconds-Maîtres	2 " de charpentage	120
	2 " de calfatage	120
	2 " de voilerie	120
	1 Armurier	60
	11 Quart. maîtres de manœuvre	528
	10 " de canonnage	480
	2 " de timonnerie	96
Q.ier Maîtres	2 " de charpentage	90
	1 " de calfatage	45
	2 " de voilerie	90
	4 Fourriers	204
	74 Matelots de 1re Classe	2.664
	74 " de 2e id	2.442
Matelots	159 " de 3e id	3.816
	91 Apprentis marins	1.639
	21 Mousses	252
490		**16.055**

Armement nouveau.

	Report .	10.412 $
Armes.	1 Capitaine d'armes	105
	1 Sergent id	63
	1 Maître	105
Charpentage	1 2e. Maître	60
	2 Quartier-Maîtres	87
	7 Ouvriers de 1re et 2e Classe	268
Calfatage	1 Maître	105
	1 2e. Maître	54
	2 Quartier-Maîtres	87
	2 Ouvriers de 1re et 2e Classe	77
Voilerie	1 Maître	105
	1 2e. Maître	60
	2 Quartier-Maîtres	87
	7 Ouvriers de 1re et 2e Classe	77
Forges et Armurerie	1 Maître forgeron	84
	1 2e Armurier	54
X	131 Matelots de 3e. Classe	3.144
	91 Apprentis marins	1.639
	21 Mousses	252
490	Armement nouveau .	16.925
	Ancien	17.454.90
	Différence en –	529.90

Supplémens à la mer de l'ancien armement.

1 Premier maître de manœuvre	. . .	24 $
1 " de Canonnage	. . .	24
1 " de Timonnerie	. . .	24
1 Capitaine d'armes	. . .	24
1 Maître de charpentage	. . .	24
1 " de calfatage	. . .	24
1 " de Voilerie	. . .	24
1 Armurier forgeron	. . .	24
	à Reporter	192

	Report .	192 $
4 Fourriers		8 40
4 Chefs de hune		36
32 Gabiers de 1re Classe		240
44 " de 2e "		198
20 Chefs de pièce		150
30 Chargeurs		180
30 1ers Servans de gauche		135
	à Reporter	1.139 40

Suite de la Brigade.

Suppléments à la mer de l'ancien armement.

	Report	1139ᶠ 40		Report	1310ᶠ 40
6	Timonniers Soudeurs	36	1	Infirmier	3
8	Caliers	24	16	Facultatifs	46
3	Matelots patrons	9	3	Clairons	9
10	Brigadiers	30	2	Écrivains	12
14	Chaloupiers	42	1	Instituteur	12
6	Peintres	18	1	Vaguemestre	7 50
4	Barbiers	12			
	à Reporter	1310 40			1399.90

3ᵉ. Héroïne. — Corvette à Paillards.

	Ancien armement.			Armement proposé.	
État Major.	2 Lieutenans	500ᶠ	État Major.	5 Lieutenans	1.100ᶠ
	3 Enseignes	450		5 Aspirans	316
	4 Aspirans	332	Manœuvre.	1 1ᵉʳ Maître	105
Petit État Major.	1 1ᵉʳ Maître de manœuvre	90		9 2ᵉˢ Maîtres	591
	1 " de canonnage	90		9 Quartier-Maîtres	417
	1 " de timonnerie	90		19 Gabiers de 1ʳᵉ Classe	760
	1 Capitaine d'armes	81		24 id de 2ᵉ	888
	1 Maître de charpentage	81	Canonnage.	1 1ᵉʳ Maître	105
	1 " de Calfatage	81		3 2ᵉˢ Maîtres	195
	1 " de Voilerie	81		6 Quartier-Maîtres	276
Seconds-Maîtres.	2 2ᵉˢ Maîtres de manœuvre	138		4 Canonniers de 1ʳᵉ classe	160
	1 " de Canonnage	69		20 " de 2ᵉ	740
	1 " de timonnerie	69	Timonnerie.	1 1ᵉʳ Maître	105
	1 " de Charpentage	60		1 2ᵉ Maître	69
	1 " de Calfatage	60		2 Quartier-Maîtres	93
	1 " de Voilerie	60		4 Soudeurs de 1ʳᵉ et 2ᵉ Classe	154
	1 Armurier	60	Armes.	1 Capitaine d'armes	96
	24			115	
	à Reporter	2391		à Reporter	6070

Suite de l'Héroïne.

Ancien Armement.				Armement proposé.		
	24	Report	2391		115	Report	6.070

	Ancien Armement		
	24	Report	2391
9es Maîtres	6 Quartier-Maîtres de manœuvre		288
	5 " de canonnage		240
	1 " de timonnerie		48
	1 " de charpentage		45
	1 " de calfatage		45
	1 " de voilerie		45
Fourriers	2 Fourriers		102
Marins	30 Matelots de 1re Classe		1.080
	30 " de 2e		990
	62 " de 3e		1.448
	33 Apprentis marins		602
	12 Mousses		144
	214		**7.509**

	Armement proposé		
	115	Report	6.070
Charpentage	1 Maître		96
	1 2e Maître		80
	2 Quartier-Maîtres		87
	4 Ouvriers de 1re et 2e classe		77
Calfatage	1 Maître		96
	1 Second Maître		57
	2 Quartier Maîtres		87
	2 Ouvriers de 1re et 2e classe		77
Voilerie	1 Maître		96
	1 2e Maître		57
	2 Quartier Maîtres		87
	4 Ouvriers de 1re et 2e classe		184
Forges et Armurerie	1 Maître Armurier forgeron		75
	1 Second do		54
X	22 Matelots de 3e		528
	39 Apprentis marins		702
	12 Mousses		144
	214		**8.704**
	Ancien armement		8.251.20
	Différence en +		452.80

Suppléments à la mer de l'ancien armement.

1 1er Maître de manœuvre	15		Report	544.20
1 " de Canonnage	15		15 1ers Servans de gauche	67.50
1 " de Timonnerie	15		4 Timonniers Sondeurs	24
1 Capitaine d'Armes	15		2 Caliers	6
1 Maître de Charpentage	15		2 Patrons	6
1 " de Calfatage	15		8 Brigadiers	24
1 " de Voilerie	15		8 Chaloupiers	24
1 2e Maître Armurier	15		3 Peintres	9
2 Fourriers	4.20		3 Barbiers	6
3 Chefs de hune	27		1 Infirmier	3
16 Gabiers de 1re Classe	120		4 Facultatifs	12
24 " de 2e classe	108		1 Clairon	3
10 Chefs de pièce	75		1 Instituteur	9
15 Chargeurs	90		1 Vaguemestre	4.50
	544.20			**742.20**

4. Naïade. — Corvette à Batterie barbette.

Ancien Armement.

2	Lieutenans	500 f
3	Enseignes	450
3	Aspirans	249
1	Capitaine d'Armes	72
2	2es Maîtres de manœuvre	138
2	" de Canonnage	138
2	" de Timonnerie	69
1	" de Charpentage	60
1	" de Calfatage	60
1	" de Voilerie	60
1	" Armurier	60
4	Quartier Maîtres de manœuvre	192
4	" de canonnage	192
1	" de timonnerie	48
2	" de Charpentage	90
1	" de Calfatage	45
1	" de Voilerie	45
1	Tonnier	42
20	Matelots de 1re classe	720
20	" de 2e	660
44	" de 3e	1.056
26	Apprentis marins	468
10	Mousses	120
152		5.534

Nouvel Armement.

État-Major	1	Lieutenant	250 f
	4	Enseignes	600
	2	2es Maîtres	143
Manœuvre	9	Quartier-Maîtres	414
	14	Gabiers de 1re classe	560
	18	" de 2e "	666
Canonnage	2	2es Maîtres	143
	4	Quartier Maîtres	186
	4	Canonniers de 1re classe	160
	16	Canonniers de 2e	592
Timonnerie	1	1er Maître	81
	1	2e Maître	63
	2	Quartier-Maîtres	93
	4	Sondeurs de 1re et 2e cl.	154
Armes	1	Capitaine d'armes de 2e cl.	72
Charpentage	1	2e Maître	67.50
	1	Quartier-Maître	42
	3	Ouvriers de 1re et 2e classe	114
Calfatage	1	2e Maître	67.50
	1	Quartier-Maître	42
	1	Ouvrier de 1re classe	40
Voilerie	1	2e Maître	67.50
	1	Quartier Maître	42
	3	Ouvriers de 1re et 2e classe	114
Armurerie	1	2e Armurier	60
X	19	Matelots de 3e classe	456
	26	Apprentis marins	468
	10	Mousses	120
152		Nouveau	5.877.50
		Ancien	6.110.00
		—	232 f 50

Suppléments à la mer de l'ancien armement.

					Report	309 f 60
1	Second maître de manœuvre chargé	10 f 50		12	1ers Servans de gauche	54
1	" de canonnage	10.50		4	Timonniers Sondeurs	24
1	" de timonnerie	10.50		2	Cahiers	6
1	" de Charpentage	10.50		2	Patrons	6
1	" de Calfatage	10.50		4	Brigadiers	12
1	" de Voilerie	10.50		8	Chaloupiers	24
1	" Armurier	10.50		2	Peintres	6
1	Tonnier	2.10		1	Barbier	3
14	Gabiers de 1re Classe	105		1	Infirmier	3
18	" de 2e	81		4	Facultatifs	12
8	Chefs de pièce	76		1	Clairon	3
12	Chargeurs	72		1	Instituteur	9
				1	Vaguemestre	4.50
	à Reporter	309.60				576.10

5º Alcibiade. — Brick de 1re Classe.

Ancien Armement.

État-Major	1	Lieutenant de Vaisseau	250
	3	Enseignes	450
	3	Aspirans	249
	1	Capitaine d'Armes de 2e cl.	72
Seconds Maîtres	2	2ds maîtres de manœuvre	138
	2	" de Canonnage	138
	1	" de Timonnerie	69
	1	" de Charpentage	60
	1	" de Calfatage	60
	1	" de Voilerie	60
	1	" Armurier	60
Qtier Maître	3	Quart. Maîtres de Manœuvre	144
	3	" de Canonnage	144
	2	" de Timonnerie	96
	1	" de Charpentage	45
	1	" de Calfatage	45
	1	" de Voilerie	45
	1	Fourrier	42
Matelots	10	Matelots de 1re Classe	360
	10	" de 2e	330
	28	" de 3e	672
	13	Apprentis marins	234
	9	Mousses	108
	99		3.871

Armement proposé.

Manœuvre	1	Lieutenant	250
	4	Enseignes	600
	2	2ds Maîtres	142.50
	6	Qrs Maîtres	276
	10	Gabiers de 1re Classe	400
	10	" de 2e	370
Canonnage	2	2ds Maîtres	142.50
	4	Quartier-Maîtres	186
	2	Canonniers de 1re Classe	80
	12	" de 2e	444
Timonnerie	1	1er Maître	81
	1	2e Maître	63
	2	Qtier Maîtres	93
	2	Timoniers de 1re et 2e classe	77
Armes	1	Capitaine d'armes	72
	1	2e Maître	67.50
Charpentage	1	Quartier-Maître	42
	2	Ouvriers de 1re et 2e Classe	77
Calfatage	1	2e Maître	67.50
	1	Quartier Maître	42
	1	Ouvrier	40
Voilerie	1	2e Maître	67.50
	1	Quartier Maître	42
	2	Ouvriers de 1re et 2e classe	77
Armurie	1	2e Maître Armurier	60
X	5	Matelots de 3e Classe	120
	13	Apprentis marins	234
	9	Mousses	108
	99		4.321.50
		Ancien	4.741.00
		Différence en —	419.50

Supplémens à la mer de l'ancien armemens.

1	Second Maître de manœuvre	10.50		10	Chargeurs		60
1	" de Canonnage	10.50		10	1ers Servans de gauche		45
1	" de Timonnerie	10.50		2	Sondeurs		12
1	" de Charpentage	10.50		1	Calier		3
1	" de Calfatage	10.50		3	Brigadiers		9
1	" de Voilerie	10.50		1	Peintre		3
1	" Armurier	10.50		1	Barbier		3
10	Gabiers de 1re Classe	75		1	Infirmier		3
10	" de 2e	45		1	Instituteur		9
7	Chefs de pièce	525		1	Vaguemestre		4.50
	à Reporter	718 50					870.00

	Report	718.50

6° Eglantine. — Canonnière.

Ancien Armement.

État-Major	1	Lieutenant de vaisseau	250
	1	Enseigne	150
	1	Aspirant	83
	1	Capitaine d'armes de 3e cl.	66
Seconds Maîtres	1	2e Maître de manœuvre	69
	1	" de canonnage	69
	1	" Armurier	60
Q.tiers Maîtres	2	Quartier maîtres de manœuvre	96
	2	" de canonnage	96
	2	" de timonerie	96
	1	" de Charpentage	45
	1	" de Calfatage	45
	1	" de Voilerie	45
Matelots	5	Matelots de 1re classe	180
	5	" de 2e "	165
	12	" de 3e "	288
	4	Mousses	48
	42		**1.851**

Armement proposé.

État-Major	1	Lieutenant	250
	3	Enseignes	450
Manœuvre	1	2e Maître	79.50
	4	Quartier Maîtres	186
	5	Gabiers de 1re Classe	200
	5	" de 2e	185
Canonnage	1	2e Maître	79.50
	2	Quartier Maîtres	93
	1	Canonnière de 1re Classe	40
	4	" de 2e "	148
Timonerie	1	1er Maître	81
	1	2e Maître	83
	2	Quartier Maîtres	93
	2	Sondeurs de 1re et 2e cl.	77
Charpentage	1	2e Maître	67.50
	1	Quartier Maître	42
	2	Ouvriers de 1re et 2e classe	77
Calfatage	1	2e Maître	67.50
	1	Quartier Maître	42
	1	Ouvrier	40
Voilerie	1	2e Maître	67.50
	1	Quartier Maître	42
	2	Ouvriers de 1re et 2e classe	77
X	8	Matelots de 3e classe	172
	4	Mousses	48
	50		**2.657.50**
		Ancien armement	2.073
		Différence en +	584.50

Suppléments à la mer de l'ancien armement.

1	2e Maître de manœuvre	10.50
1	" de Canonnage	10.50
1	" Armurier	10.50
1	Quartier Maître de Timonerie	18
1	" de Charpentage	18
1	" de Calfatage	18
1	" de Voilerie	18
5	Gabiers de 1re classe	37.50
5	" de 2e "	22.50
	à Reporter	163.50

	Report	163.50
2	Chargeurs	12
2	1ers Servans de gauche	9
2	Timonniers Sondeurs	12
1	Calier	3
1	Peintre	3
1	Barbier	3
1	Infirmier	3
1	Instituteur	9
1	Vaguemestre	4.50
		222.00

7.º Marne. — Transport de 800 T.ˣ

Ancien Armement.

État-Major	1 Lieutenant de Vaisseau	250ᶠ
	4 Enseignes	600
	3 Aspirans	249
Petit État-Major	1 1ᵉʳ Maître de manœuvre	90
	1 Capitaine d'armes	81
Seconds Maîtres	1 2ᵉ Maître de manœuvre	69
	1 " de Canonnage	69
	1 " de Timonnerie	69
	1 " de Charpentage	60
	1 " de Calfatage	60
	1 " de Voilerie	60
	1 " Armurier	60
Quartiers Maîtres	4 Quartiers Maîtres de manœuvre	192
	5 " de Canonnage	240
	2 " de Timonnerie	96
	1 " de Charpentage	45
	1 " de Calfatage	45
	1 " de Voilerie	45
	1 Fournier	42
Matelots	20 Matelots de 1ʳᵉ Classe	720
	20 " de 2ᵉ	660
	35 " de 3ᵉ	840
	26 Apprentis marins	468
	9 Mousses	108
	142	**5.218**

Armement proposé.

État-Major	1 Lieutenant	250ᶠ
	4 Enseignes	600
Manœuvre	1 1ᵉʳ Maître	90
	3 2ᵉˢ Maîtres	195
	8 Quartiers Maîtres	372
	14 Gabiers de 1ʳᵉ Classe	560
	18 " de 2ᵉ Cl.	636
Canonnage	2 2ᵉˢ Maîtres	142.50
	4 Q.ˢ Maîtres	186
	4 Canonniers de 1ʳᵉ Classe	160
	16 " de 2ᵉ "	592
Timonnerie	1 1ᵉʳ Maître	71
	1 2ᵉ Maître	63
	2 Quartiers Maîtres	93
	4 Sondeurs de 1ʳᵉ et 2ᵉ Classe	154
	1 Capitaine d'armes de 2ᵉ "	72
Charpentage	1 2ᵉ Maître	70.50
	1 Quartier Maître	45
	4 Ouvriers de 1ʳᵉ et 2ᵉ Classe	134
Calfatage	1 2ᵉ Maître	67.50
	1 Quartier Maître	45
	1 Ouvrier	40
Voilerie	1 2ᵉ Maître	67.50
	1 Quartier Maître	45
	4 Ouvriers de 1ʳᵉ et 2ᵉ Classe	154
Armurier	1 2ᵉ Armurier	64.50
X	7 Matelots de 3ᵉ Classe	168
	26 Apprentis marins	468
	9 Mousses	108
	142	**5.763.50**
	Ancien armement	5.597.50
	Différence en +	166.ᶠ50

Supplémens à la mer de l'ancien armement.

3 Gabiers de 1ʳᵉ Classe	37ᶠ50
5 " de 2ᵉ Cl.	22.50
7 Chefs de pièce	52.50
12 Chargeurs	72
12 1ᵉʳˢ servans de gauche	54
2 Timonniers Sondeurs	12
8 Cahiers	24
2 Brigadiers	6
10 Chaloupiers	30
1 Barbier	3
à Reporter	313.50

Report	313.ᶠ50
1 Infirmier	3
1 1ᵉʳ Maître de manœuvre	"
1 2ᵉ " de Canonnage	10.50
1 " de Timonnerie	10.50
1 2ᵉ Maître de Charpentage	10.50
1 " de Calfatage	10.50
1 " de Voilerie	18.50
1 " Armurier	10.50
	379.50

8º Mogador. — Frégate à Vapeur de 650 Chevaux.

Ancien Armement.

État-Major.

5	Lieutenans ou Enseignes .	850 f
5	Volontaires .	200

Petit État-Major.

1	1er Maître de manœuvre	90
1	" de Canonnage.	90
1	" de Timonerie	90
1	Capitaine d'armes .	81
1	Maître de Charpentage	81
1	" de Calfatage .	81
1	Sergent d'Armes	72

Machine.

1	1er Maître mécanicien .	150
2	Maîtres .	200
6	Contre-Maîtres .	480
16	Ouvriers .	792
16	Matelots Chauffeurs	576

Seconds-Maîtres.

2	2ds Maîtres de manœuvre .	138
2	" de Canonnage.	138
1	" de Timonerie	69
1	" de Voilerie	60
1	" Armurier	60

Quartiers-Maîtres.

4	Quartrs Maîtres de manœuvre	192
4	" de Canonnage	192
1	" de Timonerie	48
1	" de Charpentage	45
1	" de Calfatage	45
1	" de Voilerie	45
2	Fourriers	102

Matelots.

53	Matelots de 1re Classe	1.908
54	" de 2e	1.782
107	" de 3e	2.568
52	Apprentis marins et novices	936
15	Mousses	180

360	12.341

Armement proposé.

État-Major.

5	Lieutenans de vaisseau . .	1100 f
1	1er Maître .	109.50
3	2ds Maîtres .	195

Manœuvre.

8	Quartier-Maîtres .	370
14	Gabiers de 1re Classe .	560
18	" de 2e	664

Canonnage.

1	1er Maître .	109.50
3	2ds Maîtres .	195
6	Quartier-Maîtres .	279
6	Canonniers de 1re Classe .	240
24	" de 2e	888

Timonerie.

1	1er Maître .	109.50
1	2e Maître .	63
2	Quartier-Maîtres .	93
6	Sondeurs de 1re et 2e Cl.	231

Armes.

1	Capitaine d'armes . .	81
1	Sergent .	72

Machine.

1	1er Maître mécanicien .	150
2	Maîtres .	200
6	Contre-Maîtres .	480
16	Ouvriers de 1re et 2e Cl.	792

Charpentage.

1	Maître .	101.50
1	2e Maître .	57
2	Quartier-Maîtres .	87
4	Ouvriers de 1re et 2e classe .	154

Calfatage.

1	Maître .	91.50
1	2e Maître .	57
2	Quartier-Maîtres .	87
2	Ouvriers de 1re et 2e classe .	77

Voilerie.

1	Maître .	91.50
1	2e Maître .	57
2	Quartier-Maîtres .	87
4	Ouvriers de 1re et 2e classe .	154

Armurie.

1	2e Maître .	91.50

X

144	Matelots de 3e Classe .	3.456
56	Apprentis marins et novices	936
15	Mousses	180

360	13.036.50

Soutiers .	192
Nouvel Armement .	13.228.50
Ancien .	14.334.50
Moins .	1.106.50

Suite du Mogador.

Suppléments à la mer de l'ancien armement.

1	1er Maître de manœuvre	19.50		Report	1.310.00
1	" de Canonnage	19.50	3	Caliers	9
1	" de Timonerie	19.50	3	Patrons	9
1	Capitaine d'Armes	19.50	8	Brigadiers	24
1	Maître de Charpentage	19.50	14	Chaloupiers	42
1	" de Calfatage	19.50	4	Peintres	12
1	Second Maître de Voilerie	19.50	3	Barbiers	9
1	" Armurier	19.50	1	Infirmier	3
3	Chefs de hune	27	16	Facultatifs	48
14	Gabiers de 1re Classe	105	16	Chauffeurs Matelots	288
18	" de 2e	810	32	Soutiers	192
8	Chefs de pièce	60	2	Clairons	6
12	Chargeurs	72	2	Écrivains	12
12	1ers Servants de gauche	54	1	Instituteur	12
6	Timoniers Soudeurs	36	1	Vaguemestre	7.50
	à Reporter	1.310.00			1.995.50

9. Colbert. — Corvette à Vapeur de 1re Classe.

Ancien Armement.				Armement proposé.		
État-Major {	5 Lieutenants ou Enseignes de vaisseau	950	État-Major {	1 Lieutenant de Vaisseau	250	
	3 Volontaires	120		4 Enseignes	600	
Petit État-Major {	1 Capitaine d'Armes	81		2 2e Maîtres	142.50	
Machine {	1 1er Maître Mécanicien	160	Manœuvre {	5 Quartier-Maîtres	231	
	2 Maîtres	200		7 Gabiers de 1re Classe	281	
	4 Contre-Maîtres	320		7 id de 2e	259	
	10 Ouvriers Chauffeurs	495		2 2e Maîtres	142.50	
	10 Matelots Chauffeurs	360	Canonnage {	4 Quartier-Maîtres	186	
	2 2e Maîtres de Manœuvre	138		2 Canonniers de 1re Classe	80	
	1 " de Canonnage	69		12 " de 2e	444	
	1 " de Timonerie	69		1 1er Maître	81	
Seconds Maîtres {	1 " de Charpentage	60		1 2e Maître	63	
	1 " de Calfatage	60	Timonerie {	2 Quartier-Maîtres	93	
	1 " de Voilerie	60		4 Soudeurs de 1re à 2e Classe	154	
	1 " Armurier	60		1 Capitaine d'armes	72	
44	à Reporter	3.222	55	à Reporter	1.079.00	

Suite du Colbert.

Ancien Armement.

	44	Report	3.222f
Qtier Maîtres	3	Quartier Maîtres de manœuvre	144
	4	" de Canonnage	192
	2	" de Timonnerie	96
	1	" de Charpentage	45
	1	" de Calfatage	45
	1	" de Voilerie	45
	1	Fourrier	42
	19	Matelots de 1re Classe	684
	20	" de 2e "	660
	39	" de 3e "	936
	24	Apprentis marins et novices	432
	8	Mousses	96
	167		6.609

Armement proposé.

	55	Report	1.079f.00
Machine	1	1er Maître	150
	2	Maîtres	200
	4	Contre-Maîtres	320
	10	Ouvriers de 1re et 2e classe	495
	10	Matelots chauffeurs	180
Charpentage	1	2e Maître	70.50
	1	Qtier Maître	45
	3	Ouvriers de 1re et 2e Classe	114
Calfatage	1	2e Maître	70.50
	1	Qtier Maître	42
	1	Ouvrier	40
Voilerie	1	2e Maître	70.50
	1	Qtier Maître	45
	3	Ouvriers	114
Armurerie	1	2e Maître	70.50
	49	Matelots de 3e classe	1.176
	24	Apprentis marins et novices	432
	8	Mousses	96
	167		6.809.00
		Ancien armement	7.289.00
		Moins	480 00
		Soutiers	120
			360

Supplémens de Mer de l'ancien armement.

1	2e Maître de manœuvre	10.50
1	" de Canonnage	10.50
1	" de Timonnerie	10.50
1	" de Charpentage	10.50
1	" de Calfatage	10.50
1	" de Voilerie	10.50
1	" Armurier	10.50
1	Fourrier	2.10
7	Gabiers de 1re Classe	52.50
7	" de 2e "	31.50
4	Chefs de pièce	30
8	Chargeurs	48
8	1ers Servans de gauche	36
2	Timonniers Sondeurs	12
2	Calfats	6
	à Reporter	291.60

	Report	291.60
2	Patrons	6
4	Brigadiers	12
10	Chaloupiers	30
2	Peintres	6
1	Barbier	3
1	Infirmier	3
4	Facultatifs	12
10	Matelots Chauffeurs	180
20	Soutiers	120
1	Clairon	3
1	Instituteur	9
1	Vaguemestre	4.50
		680.10

10.° Aigle. — Aviso à Vapeur de 1re Classe.

Ancien Armement.

État-Major {	3 Lieutenant ou Enseignes	600f
	3 Volontaires	120
Petit État-Major {	1 Capitaine d'armes	81
Machine {	1 1er Maître Mécanicien	150
	1 Maître	100
	1 Contre-Maître	80
	6 Ouvriers	297
	4 Matelots chauffeurs	144
Seconds Maîtres {	1 2e Maître de manœuvre	69
	1 " de Canonnage	69
	1 " de Timonnerie	69
	1 " Armurier	60
Q.tiers Maîtres {	2 Q.tiers Maîtres de manœuvre	96
	1 " de Canonnage	48
	1 " de Timonnerie	48
	1 " de Charpentage	45
	1 " de Calfatage	45
	1 " de Voilerie	45
	1 Fourrier	42
Matelots {	7 Matelots de 1re Classe	252
	7 id de 2e	231
	14 " de 3e	336
	16 Apprentis marins et novices	288
	4 Mousses	48
	81	3.363

Armement proposé.

État-Major {	1 Lieutenant de Vaisseau	250f
	3 Enseignes	550
Manœuvre {	1 2e Maître	79.50
	4 Q.tiers Maîtres	186
	3 Gabiers de 1re Classe	120
	3 " de 2e	111
Canonnage {	1 2e Maître	79.50
	2 Q.tiers Maîtres	93
	1 Canonnier de 1re	40
	6 id de 2e	222
Timonnerie {	1 1er Maître	81
	1 2e Maître	63
	2 Q.tiers Maîtres	93
	2 Sondeurs de 1re et 2e cl.	77
Machine {	1 1er Maître	150
	1 Maître	100
	2 Contre-Maîtres	160
	6 Ouvriers	297
	2 Matelots Chauffeurs	72
Charpentage {	1 2e Maître	70.50
	1 Q.tier Maître	45
	2 Ouvriers de 1re et 2e Classe	77
Calfatage {	1 2e Maître	70.50
	1 Q.tier Maître	42
	1 Ouvrier	40
Voilerie {	1 2e Maître	70.50
	1 Q.tier Maître	45
	2 Ouvriers	77
Armurerie {	1 2e Maître	70.50
X {	7 Matelots de 3e classe	168
	16 Apprentis marins et novices	288
	4 Mousses	48
	81 Soutiers	60
		3.996.30
	Ancien armement	3.751.10

Suite de l'Aigle.

Supplémens de Mer de l'ancien armement.

1 2ᵉ Maître de manœuvre	10.50
1 " de Canonnage	10.50
1 " de Timonnerie	10.50
1 " Armurier	10.50
1 Quartier-Maître de charpentage	18
1 " de Calfatage	18
1 " de Voilerie	18
1 Fourrier	2.10
3 Gabiers de 1ʳᵉ Classe	22.50
3 id de 2ᵉ "	13.50
2 Chefs de pièce	16
3 Chargeurs	18
à Reporter	167.10

Report	167.10
3 1ᵉʳˢ Servans de gamelle	13.50
2 Timonniers Sondeurs	12
1 Cahier	3
2 Brigadiers	6
1 Peintre	3
1 Barbier	3
1 Infirmier	3
4 Facultatifs	12
4 Matelots Chauffeurs	72
10 Soutiers	60
1 Instituteur	9
1 Vaguemestre	4.50
	368.10

État Récapitulatif des Dépenses mensuelles pour le personnel.

	Ancien armement	Armement nouveau	Différence
Océan	34.282.ᶠ 70	33.686.ᶠ .	
Dryade	17.454. 90	16.925. .	
Héroïne	8.251. 00	8.704. .	
Naïade	6.110. 00	5.877. 50	
Alcibiade	4.741. 00	4.321. 50	
Églantine	2.073. 00	2.657. 50	
Marne	5.597. 00	5.763. 50	
Mogador	14.334. 50	13.228. 50	
Colbert	7.289. 00	6.929. .	
Aigle	3.731. 00	3.996. .	
	103.964. 60	102.088. 50	Moins 1876.ᶠ 10.

Ce petit tableau s'explique de lui-même.

En récapitulant, nous trouvons par navire et par profession maritime:

États-Majors — Manœuvre — Canonnage

	États-Majors			Manœuvre					Canonnage				
	Lieutenans	Enseignes	Aspirans	1ers Maîtres	2es Maîtres	9es Maîtres	Gabiers de 1re classe	de 2e cl.	1ers Maîtres	2es Maîtres	9es Maîtres	Canonniers de 1re cl.	de 2e cl.
Océan	6	6	12	1	14	22	44	56	1	8	16	40	112
Dryade	5	.	8	1	11	17	36	44	1	4	8	17	30
Héroïne	5	.	5	1	9	9	19	24	1	3	6	4	20
Naïade	1	4	.	.	2	9	14	18	.	2	4	4	16
Alcibiade	1	4	.	.	2	6	10	10	.	2	4	2	12
Eglantine	1	3	.	.	1	4	5	5	.	1	2	1	4
Marne	1	4	.	1	3	8	14	18	.	2	4	4	16
Mogador	5	.	.	1	3	8	14	18	1	3	6	6	24
Colbert	1	4	.	.	2	6	7	7	.	2	4	2	12
Aigle	1	3	.	1	4	3	3	.	.	1	2	1	6
	27	28	25	6	48	92	166	203	4	28	56	81	272

total 55 — 103 / 461 total 564 — 32 / 409 total 441

Timonnerie — Armes — Machines — Charpentage

	Timonnerie				Armes		Machines				Charpentage			
	1ers Maîtres	2es Maîtres	9es Maîtres	Soudeurs de 1re 2e cl.	Capitaines	Sergens	1ers Maîtres	Maîtres	Cers Maîtres	Ouvriers de 1re 2e cl.	Maîtres	2es Maîtres	9es Maîtres	Ouvriers de 1re 2e cl.
Océan	1	2	4	8	1	2	.	.	.	.	1	1	2	18
Dryade	1	2	4	6	1	1	.	.	.	.	1	1	2	7
Héroïne	1	1	2	4	1	.	.	.	.	.	1	1	2	4
Naïade	1	1	2	4	.	1	.	.	.	.	.	1	1	3
Alcibiade	1	1	2	2	.	1	.	.	.	.	1	1	1	2
Eglantine	1	1	2	2	.	1	.	.	.	.	1	1	1	2
Marne	1	1	2	4	.	1	.	.	.	.	1	1	1	4
Mogador	1	1	2	6	1	1	1	2	6	16	1	1	2	4
Colbert	1	1	2	4	.	1	1	2	4	10	1	1	1	3
Aigle	1	1	2	2	.	1	1	1	2	6	1	1	1	2
	10	12	24	42	4	10	3	5	12	32	.	10	14	49

22 / 66 total 88 — 14 — 52 — 14 / 63 total 77

Calfatage — Voilure — Forge et Armurerie — Auxiliaires

	Calfatage				Voilure				Forge et Armurerie		Auxiliaires		
	Maîtres	2es Maîtres	9es Maîtres	Ouvriers de 1re 2e cl.	Maîtres	2es Maîtres	9es Maîtres	Ouvriers de 1re 2e cl.	Maîtres	2es Maîtres	Matelots de 3e classe	Apprentis marins	Mousses
Océan	1	1	2	2	1	1	2	10	1	2	450	169	39
Dryade	1	1	2	2	1	1	2	7	1	1	130	91	21
Héroïne	1	1	2	2	1	1	2	4	1	1	22	39	12
Naïade	.	1	1	1	.	1	1	3	.	1	19	26	10
Alcibiade	.	1	1	1	.	1	1	2	.	1	5	13	9
Eglantine	.	1	1	1	.	1	1	2	.	1	8	.	4
Marne	.	1	1	1	1	1	1	4	.	1	7	26	9
Mogador	1	1	2	2	1	1	2	4	.	1	144	52	16
Colbert	.	1	1	1	.	1	1	3	.	1	49	24	8
Aigle	.	1	1	1	.	1	1	2	.	1	7	16	4
	4	10	14	14	4	10	14	41	3	11	841	456	131

14 / 28 total 32 — 14 / 28 total 42 — 14 — 1428

Auxiliaires.

Les auxiliaires, propres à tout, sont le germe de vie de notre puissance navale, il est essentiel d'en déterminer les sources et la proportion, si l'on veut que la marine soit fortement constituée.

La manœuvre et la timonnerie sont alimentées pour ainsi dire exclusivement par la marine du Commerce, le recrutement ordinaire peut fournir sa part de contingent au canonnage, aux armes, à la forge et armurerie. Les arsenaux de l'État et des ports du Commerce sont garnis de mécaniciens, de charpentiers, calfats, voiliers. Nous allons analyser succinctement la quote part dans laquelle doivent concourir chacune de ces trois sources pour l'alimentation du personnel de la flotte.

Manœuvre et Timonnerie.

Les premiers maîtres et les seconds maîtres de ces professions ayant été encadrés par un décret récent, nous les passerons sous silence, et nous ne considérerons que les quartier-maîtres, les gabiers de 1re et de 2e classe et les timonniers sachant qu'il importe de diviser en deux classes, pour l'uniformité des soldes. — Soit 527 marins spéciaux du matelotage; la durée du service des marins de l'inscription maritime étant fixée à trois ans, il faut demander chaque année 176 hommes à la levée permanente.

Canonnage. Armurerie et Forges. —

Le recrutement ordinaire peut fournir sans inconvénient et peut-être même avec avantage pour la bonté du service de la flotte, la moitié des 409 canonniers et alléger d'autant les charges de l'inscription maritime qui n'aura à alimenter que l'autre moitié. Soit 204 canonniers à raison du tiers par an ou 68. — La loi ayant fixé la durée du service à sept ans, le recrutement général aura à fournir annuellement un contingent de 29 hommes, les capitaines, d'armes sont encadrés, les armuriers sont fournis à la marine par les Directions d'Artillerie des Ports. Nous reporterons les forgerons au paragraphe suivant.

Machines. Charpentage. Calfatage. — Voilerie.

Les mécaniciens et les forgerons réunis sont alimentés par des engagements volontaires de sept ans, soit en tout 55 dont le septième 8 environ indique le chiffre à renouveler chaque année.

Les charpentiers, calfats et voiliers en en défalquant les maîtres et les seconds maîtres dont les cadres sont fixés, constituent un chiffre de 146 marins dont le tiers doit être remplacé annuellement par les arsenaux et les ateliers des ports du Commerce soit 48.

Dressant le tableau du recrutement annuel de l'Escadre en raison des provenances

	Inscription maritime.	Conscription.	Arsenaux et Ports.	Engagements.
Manœuvre et Timonnerie	176	"	"	"
Canonnage.	68	29	"	"
Armes. — Armurerie	"	"	"	"
Mécaniciens	"	"	"	8
Charpentiers, Calfats, Voiliers	"	"	48	"
	244	29	48	8

Nous avons un chiffre de 929 hommes pour le recrutement du personnel constitutif de l'Escadre, les retranchant de 841 matelots de 3ᵉ classe, il nous reste ; 1° 512 matelots de 3ᵉ classe, 2° 456 apprentis marins, 3° 131 mousses pour fournir la masse des bras propres à tout emploi, et qui sont l'auxiliaire obligé de toutes les manœuvres hautes ou basses

Il faut distinguer :

1° Les 512 Matelots de 1ʳᵉ Classe.—

Ce sont pour la plupart des jeunes marins de l'inscription maritime ayant fait deux campagnes au long cours, dix huit mois de navigation ou deux ans de petite pêche ce qui constitue leur droit au grade de matelots de 3ᵉ classe, en vertu de la loi du 3 brumaire an **IV** ; aussitôt qu'ils ont dix huit ans révolus.— On peut trouver parmi eux des engagés volontaires reçus dans l'armée de mer à seize ans, en vertu de l'article 32 de la loi du recrutement, ayant accompli deux ans d'embarquement quand ils ont été nommés matelots de 3ᵉ classe après 18 ans révolus.

Quelques jeunes gens provenant des Écoles de mousses, et qui ayant atteint leur seizième année ont contracté un engagement pour servir dans les Equipages de ligne ; enfin des conscrits appelés sous les drapeaux, en vertu de la loi du 21 Mars 1832 et ayant complété un an d'embarquement

2° Les 456 apprentis marins ou novices.—

Quand le jeune Français de l'intérieur appelé par le sort à servir dans la marine, arrive à la Division du port qu'il a dû rallier en vertu de l'ordre de sa feuille de route, il est mis tout d'abord dans la Compagnie provisoire (art. 22) des Equipages de ligne pour y être dégrossi et initié aux éléments du métier, savoir le matelotage, le canon, le fusil.— Après trois mois de compagnie provisoire il est incorporé dans une compagnie permanente pour être exercé dans le port sur un bâtiment armé de la batterie et gréé de ses voiles (Art. 32). On le forme au canonnage, au maniement du fusil et aux manœuvres d'infanterie, jusqu'à l'école de peloton inclusivement. De plus, on l'a exercé aussi fréquemment que possible (art. 33) au tir du Canon avec prime pour les plus adroits.— Ce n'est qu'après trois mois d'incorporation dans les Compagnies permanentes, que le Préfet a eu le droit (textuel) de l'employer aux travaux du port, ou de le détacher à bord des navires pour être employé à des travaux de garniture d'armement, ou de mouvement de bâtiment, ou bien pour sa propre instruction (Art. 34). Si l'on joint un batelage continuel à toutes ces instructions, voilà bien des choses merveilleuses et nouvelles pour un simple villageois qui n'avait marché que sur la terre et ne connaissait que son clocher et le manche de sa charrue. Ce serait presque un miracle si notre pauvre conscrit n'était pas amené à sentir l'infériorité de sa nature plus qu'il ne convient au bien du service.

Les novices sont des jeunes gens de l'inscription maritime, qui n'ayant pas rempli les conditions voulues pour passer matelots de troisième classe, ont été amenés à bord, en vertu de la levée permanente ou par engagement volontaire. L'Administration de la marine les désigne assez souvent sous le nom d'admis temporaires. Admettons qu'ils forment le dixième des apprentis marins de l'Escadre, il nous restera 410 marins provenant de la Conscription.

Malgré le zèle qui animait jadis les divisions des Equipages de ligne, au beau temps du casque à la Cain Duilius et ducd'anglois, il est fort probable qu'en persévérant à vouloir rendre les apprentis marins en autres, propres à tout, on arriverait encore inévitablement à les rendre propres à rien, et à dégoûter les vrais matelots qui ont une aversion naturelle pour les manœuvres de troupier, et jusqu'à un certain point pour l'exercice du canon. Cependant on nous donne sur notre vaisseau à trois ponts 250 fusils, sur la frigate de 1ᵉʳ. rang 110, sur la corvette à gaillards 80, sur la corvette à batterie barbette 70, sur le brick 60; sur la canonnière 20, sur la frigate à vapeur 80, sur la corvette 60, sur l'aviso 36, en tout 756. En quelles mains les mettrons nous dans un jour de combat ? C'est ici le lieu d'établir la spécialité du Capitaine d'armes sur sa véritable base. Il doit avoir pour le seconder, un second, les seconds maîtres et quartier-Maîtres Canonniers, et les canonniers de deuxième classe pour fusiliers d'élite. Le Canonnage et la mousqueterie sont deux spécialités qui peuvent marcher de front sur les navires de la flotte, en réservant le Canon exclusivement autant que faire se peut aux marins provenant de l'inscription maritime. Or, nous comptons 205 Canonniers et 410 apprentis marins provenant du recrutement. Voilà d'abord 615 fusiliers naturels, il ne nous reste plus que 141 fusils dont l'emploi n'est pas difficile à trouver. Si l'on songe aux Sous-Officiers des abordages et compagnies de Débarquement, ainsi qu'aux gabiers de combat, des hunes et d'ailleurs.

Ayant eu occasion de commander successivement les 73ᵉ. 15ᵉ. 142ᵉ. 111ᵉ. compagnies permanentes, nous avons cherché avec tout le soin possible à nous rendre compte de la manière dont les hommes de la conscription étaient répartis dans les Equipages de Ligne. Il est évident, après examen, que le hasard seul préside à cette chose essentielle; il ne pourrait en être autrement avec une création qui, malgré tous ses mérites, ne peut fournir par ses Compagnies permanentes, qu'une division très imparfaite du personnel des navires, et a l'inconvénient majeur de donner pour domicile de fondation à des marins, ce qui leur est le plus funeste, une Caserne! Pour m'éclairer sur la portée qui a pu guider le gouvernement dans la proportion à donner aux hommes du recrutement et aux marins de l'inscription maritime, j'ai fait bien des recherches fastidieuses, mais je n'ai rien trouvé de plus explicite que la circulaire suivante datée de Paris, le 21 8ᵇʳᵉ 1829; le Bᵒⁿ d'Hausser, étant Ministre et le Bᵒⁿ de Mackau Directeur du personnel de la marine; c'est le texte ou à peu près.

« D'après l'ordonnance du 28 Mai 1828, chaque Compagnie permanente étant composée
« indépendamment des Officiers et Officiers mariniers, de 17 Matelots de 1ᵉ. Classe, 17 Matelots de
« 2ᵉ. Classe, 25 de 3ᵉ. et 26 apprentis marins, il n'y aurait aucun inconvénient à ce que les deux dernières
« catégories soient composées en entier d'hommes provenant du recrutement; mais les deux premières
« classes de matelots doivent être recrutées en totalité par l'inscription maritime, de sorte qu'il
« y ait dans chaque compagnie, 51 marins provenant du recrutement, 34 de l'inscription.

En réglant la composition des Compagnies; je n'entends pas que les 34 marins provenant de l'inscription soient pris exclusivement dans les 1ᵉ. et 2ᵉ. Classes des matelots. Ce qu'il importe d'obtenir, c'est que les 34 marins dont il s'agit, soient fournis par l'inscription maritime et non par le recrutement ordinaire, quand même ils appartiendraient à la deuxième et même à la troisième classe des matelots.

Je ne doute pas qu'en observant exactement les règles que je viens de tracer, l'on obtienne une bonne composition dans la formation des équipages des bâtiments de tout rang. Ma confiance à cet égard repose sur les rapports que je reçois journellement des Commandans d'Escadre de Division ou de bâtiments isolés qui sont à la mer depuis un certain temps. Ces rapports s'accordent tous pour attester la bonne volonté des marins, ainsi que le progrès de l'instruction des Equipages. Le résultat est d'une haute importance; car il convient que les Officiers Commandans prennent une juste confiance dans les équipages qu'ils dirigent, et qu'ainsi les bâtiments du roi dans toutes les missions qu'ils pouvons recevoir, ne se montrent jamais inférieurs à ceux des marines étrangères, soit par la hardiesse et la célérité des manœuvres, soit pour la tenue et l'aptitude des équipages également prêts à remplir leur devoir en temps de guerre et en temps de paix. »

Le vaisseau à 6 Compagnies ½, la frégate 3 et ½, la Corvette à gaillards ½ ½, la corvette à batterie barbette 1, le brick ½, le transport 1, la frégate à vapeur 2, la corvette à vapeur 1, l'aviso ½; total 17 Compagnies et ½ pour l'armement de l'Escadre. A raison de 51 conscrits par compagnie, cela fait 867 hommes du recrutement; Par l'analyse nous en avons trouvé 615. — Mais si l'on remarque que les 410 apprentis marins provenant du recrutement deviennent matelots de 3ᵉ classe après un an d'embarquement, on arrive à cette conclusion forcée : qu'il faut de toute nécessité augmenter le budget des marines pour pourvoir à ce surcroît de dépenses, ou mieux encore qu'il faudrait dans ces positions inférieures regarder l'avancement comme une récompense du zèle et de la bonne conduite, et ne pas en faire un droit abusif, qui est de nature à détruire l'émulation aussi nécessaire à cette catégorie de marins qu'à toutes les autres. On se conformera ainsi à l'esprit des règlements de l'armée de terre. Les apprentis marins ne sont-ils pas les soldats de l'armée de mer ? Le droit au grade de matelot de 3ᵉ classe devrait être réservé aux marins de l'inscription maritime. Les apprentis marins ne seront pas disgraciés pour cela puisque la voie du Canonnage leur est ouverte, et qu'ils doivent pouvoir devenir Canonniers de 2ᵉ classe au choix, sans jamais avoir été matelots de 3ᵉ classe.

Avant la révolution, les Compagnies de soldats embarqués sur nos vaisseaux n'ont jamais eu la solde des matelots. Dans la marine anglaise, les Royal-marines ont une habit rouge et une paie à part, il en est de même, à peu près, dans toutes les marines de l'Europe.

Autrefois, les Beys d'Alger, au temps de la splendeur de cette capitale des pirates faisaient grand cas des montagnards de la Kabylie. Ils recherchaient surtout les Zouaoua pour les associer aux janissaires dans leurs courses aventureuses. On ne remarque pas assez qu'en France, la jeunesse des montagnes et celle qui habite la rive de nos fleuves éprouve pour les merveilles de la navigation un attrait qu'on ne retrouve pas chez les populations du littoral. Il serait facile d'utiliser cet heureux penchant : La marine a sur l'armée une avance d'un sixième, pour ses droits à la retraite, vingt cinq ans au lieu de trente ; Ainsi l'exige la rudesse du métier. Mais la durée du service des jeunes conscrits appelés à servir dans l'armée de mer, ne s'en ressent nullement ; il existe même parfois une négligence blâmable pour les congédier en temps opportun. Ce n'est pas sept à 8 ans que devraient faire les conscrits appelés au service de la marine, mais seulement quatre ou cinq ; car une fois que par la faveur la plus maladroite qui se puisse imaginer, ils sont devenus matelots de 3ᵉ classe, leur ardeur s'il leur en reste finira nécessairement par s'éteindre devant une perspective de cinq à six ans à frotter le balai ou à tirer sur la corde. Ils sont d'une nature si excellente qu'on ne les entend jamais se plaindre. — Ils sont soumis, patients, pleins de bonne volonté, et n'aspirent qu'à faire leur congé avec le moins de punitions possibles, afin de regagner leur chaumière, le cœur léger.

La loi sur le recrutement admet tout jeune français de seize ans, à contracter un engagement volontaire dans l'armée de mer, sous la condition qu'à l'âge de dix huit ans, il ne pourra être reçu s'il n'a pas la taille prescrite. Je ne sache pas qu'il y ait eu jusqu'ici de taille prescrite pour la marine, mais dans tous les cas, la franchise de la jeunesse, et l'esprit français en général, s'accordent assez peu de ces conditions de procureur. Aussi il est à peu près certain que bien peu ont profité de l'avantage de la Loi. Si à seize ans il y a de l'incertitude pour la taille des jeunes gens, il vaudrait mieux attendre à dix sept et même à dix huit ans, comme cela se pratique dans l'armée; mais admettre en principe que tout Français inscrit ayant fait cinq ans de service dans la marine a satisfait à la loi du recrutement. Par ce moyen, on n'aurait plus besoin de recourir aux appels pour le recrutement des Escadres, en apprentis marins. Quant aux marins de l'inscription maritime, nous pensons que la durée de leur premier service pourrait être étendue à cinq ans avec un avantage notable pour eux ainsi que pour le service de la flotte, car on éviterait ainsi ces mutations continuelles qui sont le fléau de la marine.

L'idée des apprentis marins apparaît pour la première fois dans l'article 41 de la loi de brumaire an IV. La république devait entretenir à son service deux mille jeunes gens enrôlés volontairement et destinés à servir deux ans sur les bâtiments armés ou dans les ports militaires; ils eussent été les pupilles de la marine, vêtus et soldés suivant un règlement et congédiés tous les ans par moitié. Ils devaient être instruits dans des établissements créés à cet effet. Les établissements pour l'instruction des marins sont les navires. Il est d'une bonne administration d'éviter les doubles emplois; c'était à la fois trop et trop peu. En favorisant les engagements volontaires de jeunes gens de seize à dix huit ans, et avertissant les populations des communes de l'intérieur qu'un service de cinq ans dans la marine dispense de l'obligation des appels, on atteindrait le but de l'institution au meilleur marché possible.

2°. - Les 131 Mousses. -

Ils proviennent des quatre compagnies de Cherbourg, Brest et Toulon, et des mousses auxiliaires embarqués directement sur l'Ordre des Préfets maritimes. Les écoles de mousses contemporaines des équipages de ligne, ont donné des résultats si peu en harmonie avec le but de leur institution, qu'on les a beaucoup diminuées dans ces derniers temps. Elles devaient fournir des apprentis marins de seize ans, aux compagnies permanentes, quand à cet âge les mousses des écoles voulaient s'engager pour sept ans dans les Équipages de ligne. Bien peu; sont ou ont été séduits par cette perspective. C'est une émulation générale à quitter le service dès qu'il ne sont plus forcés d'y rester. Pour prix de bien des sacrifices, l'état ne recueille que l'ingratitude et des éducations manquées. Ce qu'il y a de plus fâcheux, c'est que leur exemple est funeste aux mousses auxiliaires, qui sans eux eussent bien mieux valu. Quand on a sous la main le moyen naturel d'arriver à un résultat, c'est une faute que de chercher une voie détournée: le moindre des inconvénients est de perdre à la fois son temps et son argent.

Les mousses sont des matelots enfants, leur école est partout où flotte une barque de pêcheur, où navigue un bateau, un navire soit de l'État soit du Commerce. Des populations malheureuses chargées de famille, lèvent vers le gouvernement leurs mains suppliantes, et lui demandent de les décharger du fardeau de leurs enfants. Quand on est homme d'état, on n'a pas cessé pour cela d'être homme de cœur; d'ailleurs, les enfants des Officiers mariniers, des matelots et autres employés de la marine, les enfants des grandes villes maritimes et autres ont des droits incontestables à la bienveillance du gouvernement. Les écoles de mousses coûtaient plus de deux cent mille francs en pure perte; soit la moitié de cette somme à verser en bienfaits sur les populations maritimes.

Les générosités du gouvernement doivent être la semence de l'avenir. Si le soldat porte dans sa giberne le bâton de maréchal, nous voulons que le matelot porte ferlé dans son sac le pavillon d'amiral : c'est pour cela que nous voulons former des matelots avec les mousses, et ce n'est pas là la mollesse et la pédagogie qui pourraient les donner bons. L'enfant du pêcheur formé dans le bateau de son père au rude métier de marin, a des notions autrement justes que nos mousses des écoles; son âme prend la trempe qui convient aux jeunes matelots. Nos bâtiments de guerre depuis le plus petit jusqu'au plus grand sont des écoles passables pour les mousses et ont l'avantage de ne pas augmenter outre mesure les charges du budget. Mais les populations maritimes pourraient ne pas regarder comme un bienfait la satisfaction d'un besoin qui s'accorde avec leurs intérêts.

Une des causes de l'infériorité de notre marine du Commerce consiste dans la cherté de son fret, ce serait lui rendre service que de contribuer à l'abaisser : ce serait lui venir en aide que de payer la solde d'un novice pour l'éducation d'un jeune enfant du rivage à bord de tout navire au-dessus de deux cents tonneaux, et d'établir une échelle graduée en faveur de la grande navigation; 1 novice de quinze à dix-huit ans à bord d'un navire de 200 à 350 t, 1 par chaque augmentation de tonnage, ne serait jusqu'à 800 t, 1 par 80 t, au-dessus de ce chiffre. C'est surtout parmi les enfants sortis des régions inférieures de la population que le fatal penchant à la mollesse universelle peut avoir les résultats les plus désastreux. Bien dirigés, ils peuvent être la force de la patrie; mal, sa honte et sa perte. Apôtres rêveurs du bien-être universel, vous ignorez donc que de tout temps la mollesse a perdu les empires! Libéraux sans portée, vos âmes immortelles se sont donc matérialisées au règne des pièces de cent sous! Les esprits faux ne comprennent jamais rien. — Revenons à nos matelots.

Nous avons organisé par le moyen de l'inscription maritime 564 marins de la manœuvre, 221 du Canonnage, 88 de la timonerie, 841 matelots de 3e classe, 46 novices; par le moyen des arsenaux et des ports, 14 sous-officiers des armes, Capitaines et sergents, 52 mécaniciens, 77 charpentiers, 42 Calfats, 69 voiliers, 44 armuriers forgerons. — Il nous reste à donner un complément d'organisation à 220 Canonniers du recrutement, ainsi qu'aux 440 apprentis marins qui en proviennent. De quoi s'agit-il ? uniquement de constituer une spécialité qui corresponde aux Royal marines de l'Angleterre, ou de toute autre puissance qui pourrait se mettre en travers. Nos éléments naturels pour y parvenir sont les Capitaines et sergents d'armes, les matelots canonniers du recrutement de préférence aux autres, enfin les apprentis marins.

Nous remarquons sur les navires de la flotte anglaise qui correspondent le mieux à ceux que nous avons pour types dans notre marine.

Royal-Marines.

	Capitaines.	Lieutenans.	Sergens.	Caporaux.	Tambours.	Soldats ou Canonniers.	Totaux.
Navire de 1er rang 1re classe Caledonia 120 c	1	3	4	4	2	146	160
4e 1re Vernon 50	1	1	2	2	1	53	60
5e 4e Pique 36	.	2	2	1	1	44	50
6e 1re Vestal 26	.	1	1	1	1	21	25
Sloops Modeste 18	.	.	1	1	1	17	20
" Dolphin 3	.	.	1	1	.	10	12
Frigate Terrible 800 ch	1	1	2	2	1	53	60
Corvette Gorgon 320	.	2	2	1	1	44	50
Steamer Firefly 220	.	1	1	1	1	21	25
	3	12	16	14	9	409	460

Si l'on ajoute les novices aux apprentis marins on arrive au chiffre de 456 tellement rapproché des 460 Royal marines de l'Angleterre, qu'à moins de se copier on ne peut pas mieux s'entendre. Les Prussiens disciplinés par Frédérick, battus à Valmy par une armée improvisée de paysans en sabots témoigneront à jamais combien le Français est né soldat et s'organise naturellement en troupe : mais à bord l'espace est resserré, le sol mobile ; il faut une organisation préparée à l'avance, pour y tirer parti des vertus natives de la nation.

Quand on a le plus, il serait ridicule de se torturer l'imagination pour avoir le moins. Nous avons 220 Canonniers et 410 apprentis marins, pour faire face aux Royal-Marines de l'Angleterre. Voici l'organisation voulue par la nature des choses en sous-officiers et fusiliers.

	Capitaines ou Sergents d'Armes	2ds Maîtres Canonniers	Q... Maîtres	Canonniers fusiliers	Fusiliers	Total
Océan	3	4	8	76	159	250
Bryade	2	2	4	33	82	123
Heroine	1	1	3	11	35	51
Naïade	1	1	2	10	23	37
Alcibiade	1	1	2	7	11	22
Eglantine	1	1	2	5	.	9
Marne	1	1	2	10	23	37
Mogador	2	1	3	15	46	67
Colbert	1	1	2	7	21	32
Aigle	1	1	1	3	14	19
	14	13	29	177	414	647

Quant aux Officiers, il est évident qu'une troupe ainsi constituée ne peut avoir pour chefs que des Officiers de marine. Quand la marine a besoin d'exécuter à terre des opérations d'une certaine difficulté, elle doit, sans hésiter, réclamer le concours de l'artillerie et de l'infanterie de Marine, même celui de l'armée de terre : comme cela s'est vu à Rio-Janeiro, Alger et Ulloa, et ce qui aurait pu être fort utile dans la Plata.

Enfin, nos marins fusiliers sont constitués, sans avoir fait entrer dans la marine de nouvel élément hétérogène. Avant de quitter ce chapitre qui a le plus d'analogue avec l'armée de terre, je crois à-propos de dire un mot sur la coiffure, ce cachet de toute organisation sociale. — Ce n'est pas du tout une chose indifférente que les marins soient coiffés d'une façon ridicule, ainsi qu'on l'a vu à Paris et dans les ports de mer dans maint circonstance majeure. Que les bicards de la Chaumière ou du bal Mabille, que les Canotières de Neuilly se plaisent à faire flotter au vent le grand ruban de soie de leur chapeau à la matelote, je n'y vois pas grand inconvénient. A bord, le parisien si cocarde fait souvent le bonheur des équipages. Mais c'est une chose triste pour un matelot quand assis à même sur le pont d'un navire, il raccommode son linge et se délecte dans l'étalage de ses hardes, où pourrait être ferlé dans un coin, un pavillon d'Amiral, s'il vient à songer que de tous les êtres humains qui tirent leur subsistance de ces fonds de mers, attachés qui sont devenus des continents ; il est le seul peut être condamné à fabriquer lui-même sa coiffure du Dimanche.

Quand le législateur de l'Orient a décoré du turban le chef rasé de fidèles de l'Islam, il les a distingués pour longtemps des enfans du Christ, avec leur éternel penchant pour les coiffures barcaiques. Les chapeaux bas et à larges bords, les bonnets écossais ou basques sont des coiffures sortables pour nos matelots, mais elles devraient être fabriquées par d'autres. C'est dans la coiffure pittoresque des marins de la côte que l'on trouvera la pensée inspiratrice susceptible de donner à la marine française la physionomie qui lui convient ; il y a de l'argent à gagner, on trouvera facilement des chapeliers.

Les choses variables de la marine de l'État sont le canon et le fusil ; c'est sur ces deux spécialités qu'on peut opérer pendant la paix des réductions judicieuses.

Leur maximum est indiqué dans le tableau ci-dessous.

	1er Maître de Canonnage	2e Maître D.	3ier Maîtres	Canonnier de 1er cl	Canonnier de 2e cl	Apprentis marins	Total	
Océan	1	8	16	40	112	159	336	
Brigade	1	4	8	17	50	82	162	
Ibérome	1	3	6	4	20	35	69	
Naïade	.	2	4	4	16	23	49	
Alcibiade	.	2	4	2	12	11	31	Il n'est pas de
Églantine	.	1	2	1	4	"	8	réduction possible.
Marne	.	2	4	4	16	23	49	
Mogador	1	3	6	6	24	46	86	
Colbert	.	2	4	2	12	21	41	
Aigle	.	1	2	1	6	14	24	
	4	28	56	81	272	414	855	

L'Armement de l'Escadre sur le pied de guerre comptant :

État - Major	55 Officiers	25 Aspirants
Manœuvre	514 marins	
Canonnage	441	"
Timonnerie	88	"
Capitaines d'armes	14	"
Machine	52	"
Charpentage	77	"
Calfatage	42	"
Voilerie	69	"
Armurerie et Forges	44	"
Matelots de 3e classe	841	"
Novices	50	"
Apprentis Marins	406	"
Mousses	131	"

Au total . . . 2.794 marins embarqués

Il restera au minimum 1939 marins embarqués, provenant pour la plupart de l'inscription maritime : je dis pour la plupart : Car 1° les 131 mousses ne sont pas inscrits ; 2° En y mettant le discernement convenable et leur concédant les avantages indiqués plus haut, on pourrait retirer un notable bénéfice à recruter le tiers des matelots de 3° classe dans les communes de l'intérieur. On pourrait même arriver au but sans rien changer à l'article 32 de la loi sur le recrutement, mais il faudrait se conformer à l'esprit de la circulaire de Monsieur de Mackau. — C'est donc en définitif, 1669 marins qu'il faut pour l'armement de la plus forte escadre que nous puissions constituer, soit 39.816 marins pour les 24 Escadres complètement armés. ce chiffre est tout-à-fait en harmonie avec les ressources de notre inscription maritime, d'après les témoignages Officiels des Ministres qui ont émis une opinion à cet égard, notamment, les Amiraux Roussin et Duperré.

Administration. —

L'Administration des escadres, pour être complète a besoin d'être constituée de manière à ce que le Commissariat soit son contrôle. C'est le seul véritable qui puisse exister là où ailleurs. La division des équipages des bâtiments par compagnies est une nécessité de premier ordre pour la facilité de l'administration. Quant à la clarté, je vais comparer brièvement le système ancien avec l'organisation proposée.

Aujourd'hui, nous avons dans la marine, 1° les mousses des compagnies, 2° les mousses auxiliaires, 3° les engagés volontaires, 4° les mobiles volontaires, 5° les admis temporaires, 6° les novices de levée, 7° les apprentis marins, 8° les matelots de 1re classe, 9° les matelots de 2e classe, 10° les matelots de 1re classe ; chacune des dernières catégories peut prétendre à vingt et une variétés de suppléments, ce qui nous donne 80 variétés de matelots ou apprentis marins ; nous arrivons ainsi au n° 91, les quartier-Maîtres de Charpentage, de calfatage et de voilerie ; N° 92, les fourriers de 3e classe ; N° 93, les fourriers de 2e classe ; N° 94, les quartier-Maîtres de manœuvre de canonnage et de timonerie ; N° 95, les fourriers de 1re classe ; N° 96, les seconds maîtres de charpentage, calfatage et voilerie ; N° 97, les seconds maîtres de manœuvre, de canonnage et de timonerie ; N° 98, les maîtres Armuriers forgerons du petit État-Major partie mobile ; N° 99, les maîtres armuriers forgerons de 1re classe ; N° 100, les Capitaines d'Armes de 2e classe ; N° 101, les maîtres de charpentage, de calfatage et de voilerie ; N° 102, les Capitaines d'armes de 1re classe ; N° 103, les premiers maîtres de manœuvre de canonnage et de timonerie ; N° 104 et 105, les seconds maîtres canonniers de 2e classe et les quartier-Maîtres canonniers de 1re classe, remplissant les fonctions de Capitaine d'armes de 3e classe ; N° 106, 107, 108 et 109. Les quartier-Maîtres ou 2ds Maîtres, remplissant les fonctions d'Instituteur ou de vaguemestre. Je ne ferai qu'indiquer les fourriers faisant fonction de capitaine d'armes, et les deux classes de quartier-Maîtres, seconds maîtres ou premiers maîtres qui constituent de véritables grades dans la hiérarchie des Officiers mariniers.

Nous aurions d'après l'organisation proposée, 1° les mousses, 2° les novices, 3° les apprentis marins, 4° les matelots de 3e classe, 5° Une hiérarchie constituée de la même façon pour chacune des neuf spécialités de la marine et comprenant 1° Des matelots ou ouvriers de 2e et de 1re classe. 2° Des quartier-Maîtres ou contre-maîtres divisés en deux classes ; 3° Des seconds maîtres et des maîtres ; 4° Des maîtres et des premiers maîtres.

Il ne pourra y avoir d'avancement hors des cadres une fois fixés. — Le chef d'escadre y veillerait.

Les matelots et ouvriers de 2e classe seraient pris au choix parmi les apprentis marins et matelots de 3e classe, certaines conditions remplies, l'avancement serait donné à la première classe, à l'ancienneté, à moins d'action d'éclat constatée par un procès-verbal. — Il en serait de même pour l'avancement aux grades de quartier-Maître, de second-maître, Maître et 1ers Maîtres.

Pour devenir quartier-Maître de Timonnerie, les jeunes marins seraient astreints à passer un examen devant les trois membres les plus anciens de l'État-Major, réunis en Conseil d'avancement, le Commandant Président. L'examen porterait sur le pilotage et les élemens de la comptabilité d'une compagnie. Les quartier-Maîtres de Timonnerie prendraient le titre de quartier-Maîtres Fourriers et prendraient rang sur tous les autres quartier-Maîtres ou contre-Maîtres du bord.

Pour les seconds maîtres et premiers maîtres de Timonnerie, il en serait ainsi que nous l'avons exposé dans la première partie de ce mémoire.

Les premiers maîtres de vaisseau et autres navires comportant des Officiers mariniers de ce grade, continueraient à être traités comme par le passé. Nul ne serait à l'avenir nommé quartier Maître sans savoir lire et écrire. Le tiers des places d'Enseignes de vaisseau resterait comme par le passé, réservé aux sous-Officiers de la marine. Quant aux aspirans et aux Officiers, leur avancement est ce qu'il doit être; mais la création des Escadres est un principe de progrès qui améliorerait tout.

La marine n'ayant pas eu de cadres déterminés jusqu'ici, pour les emplois d'Officier marinier, et matelot nécessaires à la bonne constitution de ses équipages, le hasard seul, a présidé aux avancements donnés par les conseils des bords, quelque éclairés et judicieux qu'ils aient pu être. C'est en vain que le Ministre s'était réservé le droit de nommer aux grades de premier maître et de maître sur la proposition des Conseils. Il lui a fallu aussi se réserver les nominations des seconds maîtres qui dépassant les besoins du service, étaient mis dans un état pitoyable sur les quais de nos ports, où ils disputaient aux matelots les plus humbles emplois des rades et des arsenaux. Des cadres de seconds maîtres ont été créés. Mais si l'on n'y prend garde, il arrivera fatalement pour les quartier-Maîtres et les matelots d'élite, ce qui a eu lieu pour les seconds maîtres. L'inconvénient serait moindre, j'en conviens; mais il n'en est pas moins vrai qu'on aura laissé le hasard seul présider aux avancements de la marine, et qu'un principe vicieux qui n'est une suspendu doit inévitablement engendrer de mauvaises conséquences. D'après les règles qui régissent la matière, tout navire a droit après un an de campagne à avancer en grade le 20e de son équipage, en classe le 8e. Admettons que la composition des équipages telle qu'elle a été fixée par l'ordonnance du 11 Octobre 1836 soit la meilleure qui se puisse imaginer, on aura pour la division navale que nous avons analysée:

Manœuvre 90 marins gradés, canonnage 92, Timonnerie 44, Capitaines d'armes 13, Charpentage 29, Calfatage 26, voilerie 27, forges 13. matelots de 1re classe 408, de 2e classe 410, de 3e classe 881, apprentis marins 456, Fourriers 18, Total 1907. Soit, 95 avancements à donner en grade par an, et 236 en classe; ou 331 en classe seulement. Dès la première année, les 334 Officiers mariniers pourront passer à la première classe de leur grade, si, par un hasard fort peu probable ils se trouvaient être tous de deuxième classe, en embarquant. La 2e année, il faudra nécessairement donner 95 grades en plus des prescriptions réglementaires, et 236 classes; mais si l'on remarque les 456 apprentis marins arrivés de droit matelots de 3e classe, il faudra faire en plus 236 quartier-Maîtres.

Pour la troisième année, on arrive à des résultats encore plus exagérés et qui démontrent toute le vice de la règle établie. Les marins, je le sais, ont besoin d'émulation; mais ils ont aussi du bon sens et savent d'instinct que les formes du gouvernement sont et doivent être subordonnées aux besoins du service.

Voici le tableau en vertu duquel ont été calculés les chiffres que nous venons d'invoquer.

Ordonnance du 11 Octobre 1836.

	Manœuvre			Canonnage			Timonerie			Armes		Charpentage		
	1er maître	2me Maître	q. Maîtres	1er Maître	2me Maître	q. Maîtres	1er Maître	2me Maître	q. Maîtres	Capit.ne 1re cl.	Cap.ne 2e cl.	Maîtres	2me Maître	q. Maîtres
Océan	1	6	24	1	7	23	1	3	4	1	2	1	3	3
Dryade	1	3	11	1	4	10	1	2	2	1	.	1	2	2
Héroïne	1	2	6	1	1	5	1	1	1	1	.	.	1	1
Naïade	.	2	4	.	2	4	.	1	1	.	1	.	1	2
Alcibiade	.	2	3	.	2	3	.	1	2	.	1	.	1	1
Eglantine	.	1	2	.	1	2	.	.	2	.	1	.	.	1
Marne	1	1	4	.	1	5	.	1	2	.	1	.	.	1
Mogador	1	2	4	1	2	4	1	1	1	1	1	.	.	1
Colbert	.	2	3	.	1	4	.	1	2	.	1	.	1	1
Aigle	.	1	2	.	1	1	.	1	1	.	1	.	.	1
	5	22	63	4	22	61	4	12	18	5	8	4	10	14
		90			92			44			13		28	

	Calfatage			Voilerie			Forge et armurerie		Matelots			Marins	
	Maîtres	2me Maître	q. Maîtres	Maîtres	2me Maître	q. Maîtres	Maîtres	2me Maître	1re classe	2e classe	3e classe	Apprentis	Pionniers
Océan	1	3	3	1	4	3	1	2	170	170	381	169	7
Dryade	1	2	1	1	1	2	1	1	74	74	169	91	4
Héroïne	1	1	1	1	1	1	.	1	30	30	62	39	2
Naïade	.	1	1	.	1	1	.	1	20	20	44	26	1
Alcibiade	.	1	1	.	1	1	.	1	10	10	28	13	1
Eglantine	.	.	1	.	.	1	.	1	5	5	12	.	.
Marne	.	1	1	.	1	1	.	1	20	20	36	26	1
Mogador	1	.	1	.	1	1	.	1	53	54	107	52	2
Colbert	.	1	1	.	1	1	.	1	19	20	39	24	1
Aigle	.	.	1	.	.	1	.	1	7	7	14	16	1
	4	10	12	3	11	13	2	11	408	410	881	456	18
		26			27		13						

Les escadres permanentes réalisent ainsi que je l'ai démontré dans la 2ᵉ partie de ce mémoire, la pensée du premier consul sur la forte constitution nécessaire aux armées de terre et de mer ; la constitution vicieuse de cette dernière lui a été bien funeste. Si la marine étant organisée pour la mer, il est de toute convenance pour le bien du service et l'honneur d'une bonne administration, de détruire à terre tout emploi parasite, il n'en est pas moins vrai qu'aujourd'hui comme au temps d'Albuquerque on ne peut établir sur mer aucune force durable, si l'on ne prend pas son point d'appui sur la terre ferme. C'est ce que j'ai cherché à faire, en mettant les escadres dans la main des Amiraux, Préfets maritimes par le moyen des Capitaines de Vaisseau Chefs d'escadres. — L'action du gouvernement central sur la marine n'en sera que plus libre et plus puissante.

La marine est si vaste qu'une vie d'homme suffirait à peine à l'étudier dans toutes ses parties. Mais la détermination de ses cadres étant une chose aussi nécessaire à l'honneur futur de nos armées, qu'à l'économie de nos Finances, j'ai consacré à cette étude de longues années dont je serais heureux et fier de voir accueillir le résultat par le gouvernement de mon pays. Voulant appuyer l'avenir sur la base solide du passé, j'ai proscrit avec soin toute innovation qui ne serait pas commandée impérieusement par l'esprit du siècle et l'amélioration du service naval. — L'Escadre est la boussole sans laquelle la marine abordera toujours à l'inconnu.

Longwy, 22 Juin 1852.

www.ingramcontent.com/pod-product-compliance
Lightning Source LLC
Chambersburg PA
CBHW061652180626
46818CB00003B/1061